पेंगुइन स्वदे

हीरे की कनी

अमृता प्रीतम पंजाबी के सबसे लोकप्रिय लेखकों में से एक हैं। अमृता प्रीतम का जन्म 1919 में गुजरांवाला पंजाब (भारत) में हुआ। उनका बचपन लाहौर में बीता और शिक्षा भी वहीं हुई। किशोरावस्था से उन्होंने लिखना शुरू किया। उन्होंने सौ से अधिक कविताओं की पुस्तकें लिखी, साथ ही फिक्शन, बायोग्राफी, आलेख और आटोबायोग्राफी लिखकर साहित्य में नया मुकाम हासिल किया। इनकी तमाम पुस्तकों का कई भारतीय भाषाओं सहित विदेशी भाषाओं में भी अनुवाद हुआ। अमृता प्रीतम पहली महिला लेखिका हैं, जिन्हें 1956 में साहित्य अकादमी पुरस्कार मिला। 1982 में उन्हें *काग़ज़ ते कैनवास* के लिए ज्ञानपीठ पुरस्कार मिला। 2004 में पद्मविभूषण भी प्रदान किया गया।

हीरे की कनी

अमृता प्रीतम

पेंगुइन स्वदेश
पेंगुइन रैंडम हाउस इंप्रिंट

पेंगुइन स्वदेश

यूएसए। कनाडा। यूके। आयरलैंड। ऑस्ट्रेलिया। सिंगापुर
न्यू ज़ीलैंड। भारत। दक्षिण अफ्रीका। चीन

पेंगुइन स्वदेश, पेंगुइन रैंडम हाउस ग्रुप ऑफ़ कंपनीज़ का हिस्सा है,
जिसका पता global.penguinrandomhouse.com पर मिलेगा

पेंगुइन रैंडम हाउस इंडिया प्रा. लि.,
चौथी मंज़िल, कैपिटल टावर-1, एम जी रोड,
गुरुग्राम 122 002, हरियाणा, भारत

पेंगुइन
रैंडम हाउस
इंडिया

प्रथम हिन्दी संस्करण हिन्द पॉकेट बुक्स द्वारा 1980 में प्रकाशित
प्रस्तुत हिंदी संस्करण पेंगुइन स्वदेश में पेंगुइन रैंडम हाउस द्वारा 2026 में प्रकाशित

10 9 8 7 6 5 4 3 2

ISBN 9789353496593

मुद्रकः रेप्रो इंडिया लिमिटेड

हीरे की कनी

क्रम

एक नम्बर का फर्क

देवकी बहन को मैंने पहली बार तब देखा था, जब उसने रूपनगर में एक छोटा-सा मकान किराये पर लिया था। मकान नया ही बना था। अभी उसमें बिजली नहीं आई थी। उसने कमेटी को बिजली के लिए अर्ज़ी दी थी। और जब अर्ज़ी मंज़ूर हो गई थी, तो मैंने उसके घर में बिजली का खम्भा गाड़कर, बाहर सड़क पर लगे हुए खम्भे से बिजली के तार खींचकर जोड़े थे। उन दिनों मैं बिजलीघर का एक छोटा-सा मिस्त्री था।

मैं ज्यों-ज्यों बिजली के तार के लिए दीवार में गट्ठियां लगाता गया, देवकी बहन का मुंह चमकता गया। मुझे ऐसा लगा कि उसके कमरे में तो कोई बत्ती अभी ठहरकर जलेगी, पर उसके चेहरे पर एक बत्ती उसी समय जल उठी थी। वह कह रही थी, "आज रात वह आएगा, तो उसका कमरा मुझे कितना सुन्दर लगेगा!"

खम्भे से रस्सा बांधकर जब मैं ऊपर चढ़ा, तो देवकी बहन नीचे खड़ी ऐसी घबराई हुई थी, जैसे उसका अपना भाई या अपना बेटा किसी संकट में पड़ा हुआ हो।

और फिर जब देवकी बहन के कमरे में बिजली लग गई, तो वह जल्दी से मेरे लिए और मेरे साथी मिस्त्री के लिए चाय बना लाई। कहने लगी, "आज मेरे घर रोशनी आई है, भैया, इसलिए सबसे पहले आपको

मुंह मीठा करना चाहिए। आप रस्सों से लटक-लटककर और बिजली के खतरों से खेल-खेलकर लोगों को रोशनी बांटते हैं।"

मैं और मेरे साथियों ने इससे पहले कई घरों में बिजली लगाई थी। कभी किसीने हमें 'रोशनी बांटनेवाले' नहीं कहा था। और मुझे पता था कि इसके बाद भी कोई यह कहनेवाला नहीं था। इसलिए मुझे ऐसा लगा कि हम तो रस्सों से लटक-लटककर और बिजली के झटकों से खेल-खेलकर रोज़ दुनिया में रोशनी करते थे और खुद हर पल एक खतरे के अंधेरे में लटके रहते थे; किन्तु हमारी दुनिया में भी कोई ऐसा था, जो हमारे उस अंधेरे में रोशनी कर सकता था, और यह 'कोई' देवकी बहन थी।

एक बात, जो मुझे सबसे ज़्यादा हैरान करती थी, वह थी कि देवकी बहन के घर की देहलीज़ में खड़े होकर ऐसा लगता था, जैसे कोई एक मन्दिर की देहलीज़ में खड़ा हो। और देहलीज़ पर से अन्दर आते हुए उसे यह ख्याल आता हो कि पांव धोकर अन्दर जाना चाहिए। अन्दर एक पवित्रता थी, जो मन्दिर की मूर्ति की तरह सदियों पुरानी थी और मन्दिर की पूजा की तरह नित्य नई थी।

यह ख्याल मुझे सबसे पहले उस समय आया, जब बिजली के तार जुड़ गए और मैंने देवकी बहन से कहा कि वह घर की सभी बत्तियां जलाकर देखे। उस समय देवकी बहन बरामदे में खड़ी थी। वह जल्दी से जल्दी बरामदे की बत्ती जलाकर देख सकती थी, पर उसने कहा, "नहीं, यह बत्ती बाद में जलाएंगे। पहली रोशनी उस के कमरे में होगी।" और देवकी बहन ने इतने सम्मान से एक कमरे का दरवाज़ा खोला था, जैसे वह मन्दिर का दरवाज़ा खोल रही हो। बिजली जैसे रोशनी के फूलों की थाली थी, जो पहले उसने सारी की सारी उस कमरे में चढ़ा दी और फिर रोशनी का एक-एक फल लेकर साथवाले कमरे को, पिछले कमरे को, रसोई को, गुसलखाने को और बरामदे को प्रसाद की तरह बांटने लगी।

मैंने उस कमरे में देखा। सारे कमरे में एक हरा गलीचा ऐसे बिछा हुआ था जैसे पांवों-तले हरी-भरी घास हो।

एक तरफ पीले रंग का दीवान था और वह ऐसा लगता था जैसे एक हरे बगीचे में पीले फूलों की क्यारी हो।

एक तरफ ऊंची टेकवाली तीन कुर्सियां थीं—हलके हरे रंग की, जो अपनी लम्बी पीठों के कारण ऐसी लगती थीं, जैसे तीन सरू के पेड़ हों।

और कमरे के बीच में एक छोटी-सी मेज़ थी, जिसपर पड़ी एक मर्द की तसवीर ऐसी थी, जैसे किसी कारीगर द्वारा तराशा हुआ बुत हो।

इस सारे बगीचे में सिर्फ एक चश्मे की कमी थी। किन्तु जब बत्ती जली, मुझे ऐसा लगा, जैसे दूधिया पानी की धार बह रही हो।

अजीब बात थी! देवकी बहन के घर में खड़े होकर एक मन्दिर का ख्याल भी आता था और एक बाग का भी।

फिर दूसरी बार देवकी बहन को मैंने तब देखा, जब उसके पड़ोसियों ने अपने मकान में एक और कमरा बनवाया और मुझे कमेटी की तरफ से इसलिए देवकी बहन के घर भेजा गया कि मैं उसके घर में लगा हुआ बिजली का खम्भा पहले कमरे पर से उखाड़कर दूसरे कमरे पर लगा दूं, क्योंकि उसके तार पड़ोसी के नये कमरे पर से गुज़रते थे और वे कमेटी के उसूल के मुताबिक गुज़रने नहीं चाहिए।

"अच्छा, भैया, वहां लगा दो," देवकी बहन ने कहा। पर जब मैं कमरे की दीवार में छेद करने लगा, तो देवकी बहन जैसे घबरा उठी, "ये छेद बाहर की तरफ ही रहेंगे न? दीवार की दूसरी तरफ तो नहीं जाएंगे?"

"ये छेद तो आर-पार जाएंगे, क्योंकि दीवार भी नौ इंच की है और बिजली का बोर्ड भी नौ इंच का है," मैंने कहा।

"कमरे की दीवार खराब हो जाएगी। चार छेद, चार दाग!"

"फिर सफेदी करा लेना।"

"इस कमरे की दीवारों पर मैंने तेलवाला रोगन कराया है। फिर सारे कमरे को दोबारा रोगन कराया जाए! लेकिन रोगन बड़ा महंगा है।"

मुझे पता था, यह कमरा देवकी बहन के घर का वह कमरा था, जो एक मन्दिर जैसा था, जो एक बाग जैसा था। मैं विचारों में खो गया।

"कोई बात नहीं बीबीजी, जहां से पलस्तर उखड़ जाएगा, वहां एक बड़ा-सा कैलेंडर लगा देना। सारे दाग उस कैलेंडर की पीठ के पीछे छिप जाएंगे," मेरे साथी मिस्त्री ने कहा।

"उस तरह, जैसे लोग मन की दीवार पर पापों के दाग छिपाने के लिए धर्म-कर्म का कैलेंडर टांग लेते हैं? या समाज-सेवा का कैलेंडर?" देवकी बहन बहुत निराश होकर बोली।

"अच्छा, मैं अपनी तरफ से कोशिश करूंगा कि सभी छेद दीवार के बाहर की तरफ ही रहें, अन्दर तक न जाएं। फिर भी मैं ठीक तरह नहीं कह सकता। अच्छा बहन, अन्दर की तरफ से एक कपड़ा बिछा दो। अगर कोई टुकड़ा गिरा भी, तो कमरे की चीज़ें खराब नहीं होंगी," मैंने कहा और हाथ में छैनी-हथौड़ी पकड़ ली।

"न भैया, मैं अन्दर कोई कपड़ा न बिछाऊंगी। अगर तुमने मन में रत्ती-भर टुकड़ा गिरने की रियायत रख ली, तो फिर तुम्हारी हथौड़ी ज़रूर बेध्यान हो जाएगी।" और देवकी बहन ने एक लम्बी सांस भरकर कहा, "यह विश्वास बहुत अजीब चीज़ होती है, भैया। अगर इसमें कहीं शक का छोटा-सा भी छेद हो जाए, तो फिर बड़े-बड़े छेद ही पड़ जाते हैं।"

मैंने एक बार देवकी बहन के चेहरे की तरफ देखा और एक बार दीवार की तरफ। और फिर जब मैंने दीवार पर हथौड़ी की पहली चोट की, तो मुझे लगा, हथौड़ी मेरे हाथ में नहीं पकड़ी हुई थी, वरन् एक विश्वास के हाथ में पकड़ी हुई थी। और अब इसकी कोई भी चोट इस दीवार के पार नहीं पहुंच सकती थी।

मैं खुद हैरान था कि कैसे मेरी हथौड़ी ने नौ इंच मोटी दीवार में सात इंच गहरे छेद कर दिए और दीवार की दूसरी तरफ एक भी निशान नहीं पड़ने दिया। लोहे की सलाखों के मुंह मोड़कर मैंने आठ इंच लम्बी सलाखें सात-सात इंच के छेदों में गाड़ दीं।

देवकी बहन ने जब अपनी दीवार का चेहरा पहले जैसा ही साबित देखा, तो कहने लगी, "क्यों भैया, मैंने झूठ कहा था? यह विश्वास बहुत अजब चीज़ होता है...अगर तुम मन में रत्ती-भर की भी रियायत रख लेते, तो फिर रत्ती-भर तो क्या, बड़ी-बड़ी परत दीवार से उतर जातीं।"

कई दिनों तक मैं विश्वास की फिलॉसफी के बारे में सोचता रहा। और तीसरी बार मैं देवकी बहन से तब मिला, जब मुझे अपने गांव से अपनी मां का खत मिला कि वह अब गांव में अपने बड़े बेटे के पास रहना नहीं चाहती थी, मेरे पास शहर में आना चाहती थी। मैं और मेरे दो साथी जिस कमरे में रहते थे, मुझे पता था, वहां मेरी मां का गुज़ारा नहीं हो सकेगा। इसलिए मैं किराये पर लेने के लिए कमरा ढूंढ़ता-ढूंढ़ता देवकी बहन के घर पहुंच गया।

देवकी बहन कुछ देर सोचती रही और फिर कहने लगी, "अच्छा भैया, मैं अपना पिछला कमरा तुम्हें दे देती हूं। मेरा बोझ भी कुछ हलका हो जाएगा। मुझसे सारा किराया नहीं दिया जाता।"

"क्यों, देवकी बहन, वह...?" मैंने कुछ घबराकर देखा।

"वह यहां नहीं है, बाहर गया हुआ है।" देवकी बहन ने केवल इतना ही कहा और मैंने और कुछ पूछना ठीक न समझा। एक महीने का किराया मैंने देवकी बहन के आगे रख दिया और लौट आया।

तीसरे दिन जब मेरी मां गांव से आ गई, तो मैंने अपना सामान उठाया और मां के साथ देवकी बहन के पिछले कमरे में आ गया।

देवकी बहन ने जब खाना बनाया, तो मेज़ पर इस तरह संवारकर रखा, जैसे अभी कोई आनेवाला हो। फिर एक घण्टा बीत गया, दो घण्टे

बीत गए, काफी रात हो गई और कोई न आया, तो देवकी बहन ने उस खाने को अच्छी तरह ढक दिया और खुद सुबह का बासी खाना खाकर सो गई।

दूसरे दिन भी देवकी बहन ने ऐसा ही किया—बहुत शौक से ताज़ा खाना बनाया, मेज़ पर सजाया, देर तक बैठी राह देखती रही, फिर उस खाने को अच्छी तरह ढक दिया और खुद सुबह का बासी खाकर सो गई।

तीसरे दिन भी देवकी बहन ने ऐसा ही किया। चौथे दिन भी ऐसा ही। और रोज़ ऐसा ही करती।

एक दिन मैंने हैरान होकर देवकी बहन से पूछा कि क्या वह बताकर नहीं गया कि कब आएगा?

"ख्याल था कि आज आ जाएगा। आज नहीं आया, कल आ जाएगा... ।" देवकी बहन ने केवल इतना ही कहा।

और मैं हैरान बना सोचता रहा कि देवकी बहन का यह विश्वास कैसा था! रोज खाना बासी हो जाता था, पर वह विश्वास ताज़ा रहता था। देवकी बहन रोज़ बासी खाना खाती थी और ताज़ा विश्वास पीती थी।

फिर शायद देवकी बहन को रुपयों की बहुत तंगी हो गई। उसने एक स्कूल में नौकरी कर ली। रोज़ स्कूल जाते समय वह एक ताज़ा खत लिखती और अपने कमरे को ताला लगाकर उसकी कुंडी में फंसा देती कि वह इतने घण्टों के लिए स्कूल जा रही है, इतने घण्टों के बाद लौट आएगी।

देवकी बहन जब जल्दी-जल्दी स्कूल से लौटती, तो वह खत वैसा का वैसा कुंडी में फंसा होता। बाद में न कोई आया होता, न किसीने वह खत पढ़ा होता। और दूसरे दिन देवकी बहन फिर नई तारीख डालकर नया खत लिखती।

एक दिन मैं हारकर देवकी बहन से कुछ ज़्यादा ही पूछने लगा, तो देवकी बहन ने बताया, "भैया, तुम चिन्ता न करो। वह एक बार नहीं,

मुझे कई बार छोड़कर चला गया है, पर कुछ देर बाद फिर आ जाता रहा है। वह मुझे छोड़ नहीं सकता।"

"एक बार नहीं, कई बार?" मैंने हैरान-परेशान होकर पूछा।

"एक बार गया, तो महीने-भर के बाद लौट आया था। फिर एक बार गया, तो बहुत समय बाद आया। फिर..."

"पर वह कहां जाता है? उसका कोई पता-ठिकाना है?"

"पता नहीं, उसके मन में कैसा ख्याल उमड़ता है।"

"पर देवकी बहन, उसने शायद कहीं कोई और औरत..."

"तुम भी पागल हो, भैया। कोई और औरत हो भी, तो उस बेचारी को क्या पता कि उसे क्या चाहिए? वह तो केवल मुझे पता है।"

"पर देवकी बहन, तुमने उससे कभी कुछ पूछा नहीं? उससे कभी कुछ कहा नहीं?"

"कहा क्यों नहीं, भैया। मैंने उससे एक बात कही थी—तुम मुझे भले ही कितनी बार छोड़कर जाओ, पर जितनी बार जाओ, उससे एक बार ज़्यादा लौटना। मेरा मतलब है...।" देवकी बहन ने अपनी छाती पर हाथ रखा, शायद वहां दर्द उठा था। सांस लेने पर उसकी छाती में कई बार दर्द होता था और वह कई बार रुई गर्म कर अपनी छाती पर सेंक किया करती थी।

और फिर देवकी बहन ने सांस लेकर कहा, "मेरा मतलब है, मैंने कहा था कि अगर दस बार जाओ, तो लौटना ग्यारह बार। अगर ग्यारह बार जाओ, तो लौटना बारह बार। बस, एक बार ज़्यादा...और मैं कुछ नहीं कहती, बस, एक बार ज़्यादा।"

और देवकी बहन ने मुस्कराकर कहा, "अगर बिछुड़ना बीस बार, तो मिलना इक्कीस बार। अगर बिछुड़ना पचास बार, तो मिलना इक्यावन बार। यह वियोग अपनी बारी से आता रहा और साथ में मिलन भी। पर अन्त में मिलन जीतेगा—एक नम्बर के फर्क से...एक नम्बर...।"

"तुम्हारा विश्वास नहीं टूटता, देवकी बहन?"

"टूटता है, भैया, पर फिर बंध जाता है। विश्वास भले ही पचास बार टूटे, पर उसे इक्यावन बार बंधना चाहिए—एक बार ज़्यादा, बस, एक बार।"

देवकी बहन को सांस लेने में कठिनाई होने लगी। मेरी आंखें भर आईं। मैंने मां से कहा कि वह रुई गर्म करके देवकी बहन की छाती पर सेंक कर दे।

देवकी बहन को आम तौर पर यह दर्द होने लगा। हर तीसरे दिन स्कूल में नागा पड़ने लगा। पर वह रोज़ मन्दिर जैसे, बाग जैसे कमरे में ताज़ा हवा आने देती, ताज़ा खाना पकाती, स्कूल या डाक्टर के यहां जाते समय ताज़ा खत लिखती और बासी हो रहे फेफड़ों में ताज़ा सांस भर लेती।

देवकी बहन का भाई उसे लेने आया, पर वह भाई के घर न गई। वह जैसे घर में रहकर एक नम्बर की रखवाली कर रही थी...बिछुड़ना बीस बार, तो मिलना इक्कीस बार...वह नहीं चाहती थी कि उसका मिलना एक नम्बर की खातिर हार जाए।

देवकी बहन से डाक्टर ने कई बार कहा था कि अब उसके बचने की आशा नहीं। पर देवकी बहन की जान नहीं निकल रही थी। उसकी जान जैसे उसके गले हुए फेफड़ों में बैठकर एक नम्बर की रखवाली कर रही थी। अविश्वास पचास बार, तो विश्वास इक्यावन बार··। और वह नहीं चाहती थी कि उसका विश्वास एक नम्बर की खातिर हार जाए।

एक दिन देवकी बहन की सांस उखड़ गई। उसने अपनी कलाई में से सोने की चूड़ी उतारी, अपनी अंगुली में से सोने की अंगूठी उतारी, अपने तकिये के नीचे से नोटों की एक गड्डी निकाली और पकड़ाकर कहने लगी, "भैया, मेरी एक बात मानोगे?"

"तुम जो भी कहोगी, करूँगा, देवको बहन।"

"अब तुम बड़े मिस्त्री बन गए हो। तुम कुछ तो ज़्यादा किराया दे ही

सकते हो। मेरे बाद यह मकान न छोड़ना। मेरावाला कमरा तुम खुद ले लेना और वह कमरा...उसका कमरा...बस, ज्यों का त्यों रहने देना। हर महीने उस कमरे का किराया तब तक देते रहना जब तक ये रुपये खतम नहीं हो जाते। ये दो साल तक खतम नहीं होंगे...।" और देवकी बहन ने टूटती हुई सांसों में कहा, "वह पता नहीं कब आ जाए...शायद आज ही आ जाए!"

और मुझे लगा कि देवकी बहन की सांस बिलकुल ही खिंच गई है। फिर मैंने उसकी नब्ज़ देखी, वह धीमे-धीमे चल रही थी।

एकाएक कमरे का दरवाज़ा ऐसे खुला जैसे कोई बहुत दूर से जल्दी-जल्दी आया हो। आनेवाला एक मिनट के लिए ठिठककर खड़ा हो गया और फिर उसने देवकी बहन की चारपाई पर बैठकर उसका सिर अपनी गोद में रख लिया।

देवकी बहन ने आंखें खोलीं, आंखों में एक प्रकाश भर गया। देवकी बहन ने होंठ खोले, होंठों में एक मुस्कराहट भर गई।

'मैं आ गया हूं,' आनेवाले की ज़बान ने नहीं, उसके शरीर के कम्पन ने कहा। 'मुझे पता था, तुम आओगे,' देवकी बहन के विश्वास ने जबाव दिया।

देवकी बहन की निकलती हुई जान एक पल के लिए रुक गई। यह पल जैसे उसकी ज़िन्दगी ने मौत से खेलते हुए जीत लिया था। एक पल के फर्क से मौत हार गई और ज़िन्दगी जीत गई। एक बार के फर्क से अविश्वास हार गया, विश्वास जीत गया।

देवकी बहन इस दुनिया से चली गई। और यद्यपि देवकी बहन के छोड़े हुए रुपयों से मैंने उसके प्रेमी का बहुत इलाज किया, पर वह भी देवकी बहन के पीछे चला गया। शायद उस दूसरी दुनिया में देवकी बहन एक मन्दिर जैसा, एक बाग जैसा घर बनाकर उसकी राह देख रही थी।

पवित्रता शायद एक छूत की बीमारी होती है, जो मुझे देवकी बहन से लग गई है। मैं रोज़ उस मन्दिर जैसे, उस बाग जैसे कमरे को खोलता

हूं, उसे झाड़ता हूं, पोंछता हूं, और फिर बहुत आदर से बन्द कर देता हूं।

रोज़ ज़िन्दगी के एक मोड़ पर मेरा विश्वास छूटता है और दूसरे मोड़ पर जुड़ जाता है और मुझे लगता है कि देवकी बहन का वह कमरा इस दुनिया में एक नम्बर की रखवाली कर रहा है। अविश्वास पचास बार, तो विश्वास इक्यावन बार...एक नम्बर का फर्फ...बस, एक नम्बर का फर्क।

जूठा कुआं

प्यास से मेरे होंठ कटे जा रहे थे। कई मील मैं चल चुकी थी, पर मुझे कहीं पानी नहीं मिला था। अब मेरे कदम लड़खड़ाने लग गए थे और मेरे सिर को चक्कर आ रहे थे। धूल से सनी हुई राह पर मैं सांस लेने के लिए बैठ गई। यद्यपि रात अभी गहरी नहीं हुई थी, पर आकाश में बहुत-से तारे निकल आए थे। मैंने आंखों में एक लालसा भरकर तारों की ओर देखा—वह आकाश-गंगा...जहां से रोज़ देवता पानी के घड़े भरकर ले जाते हैं...हे ईश्वर! आज किसी देवता का घड़ा छलक उठे और थोड़ा-सा पानी इस धरती पर गिर पड़े!

किसी देवता के घड़े में से पानी न छलका, पर तारों में से कुछ प्रकाश बिखर आया, और मुझे पास ही में एक कुएं की झलक दिखाई दी। मेरे पांवों में एक चेतना आ गई और सिर को जो चक्कर आ रहे थे, वे हट गए। मैं ज्यों-ज्यों उस कुएं के निकट जा रही थी, सोच रही थी, हे ईश्वर, यह कुआं ही हो कुछ और न निकल आए! हे ईश्वर!...

मैंने पास जाकर देखा, वह एक कुआं ही था।

होंठों पर ज़बान फिराकर मैंने पानी की ओर देखा। मुझे अभी विश्वास नहीं आ रहा था कि यह पानी मेरे होंठों तक पहुंचेगा।

"तुम्हें शायद पानी चाहिए, पर..." एक आवाज़ आई और मुझे एक बार तो ऐसे लगा, जैसे इस 'पर' ने मुझे कुएं में से पानी देने के बजाय

कुएं में धक्का दे दिया हो।

"मैं तुम्हें पानी किस तरह दूं? यह जूठा कुआं है। अगर मैं सोने का कटोरा होती तो बहती हुई हवा से ही पवित्र हो जाती। अगर चांदी का कटोरा होती तो कोई चुल्लू-भर पानी से धो देता, मैं पवित्र हो जाती। अगर पीतल का गिलास होती तो कोई एक बार मांज देता, मैं पवित्र हो जाती। पर मैं तो जूठा कुआं हूं।"

"जूठा कुआं?" मैंने घबराकर देखा।

आसपास किसी जिन या परी की शक्ल दिखाई नहीं दी। पर आवाज़ आ रही थी। पता नहीं, यह आवाज़ किसकी थी।

"हां, जूठा कुआं।"

"यह पानी किसने जूठा किया है?"

"मनुष्य ने, इस पानी के प्रेमी ने। वह वफा के कटोरे को मुंह लगाकर पानी पी रहा था कि उसके हाथ से गिर पड़ा। कटोरा टकड़े-टकड़े हो गया और जूठा पानी सारे पानी में मिल गया।"

"अब इस गांव के लोग पानी कहां से लेते हैं? मुझे तो यहां और कोई कुआं दिखाई नहीं देता।"

"मैंने देर तक यह फैसला किए रखा कि अपना जूठा पानी किसीको न दूं,पर हमारे गांव के लोग प्यास से घबरा गए, और फिर..." आवाज़ बहुत मद्धिम हो गई और एक आह भरकर कहने लगी, "मैंने बहुत सपने देखे थे—प्यार हमेशा ही बहुत सपने देखता है! मैंने सोचा था, मेरा पानी बहुत मीठा है, इसलिए इस पानी का प्रेमी मुझे छोड़कर कही नहीं जाएगा।...हम दो बैल खरीदेंगे, एक का नाम हम चांद रखेंगे, दूसरे का नाम सूरज। वह गाड़ी पर बैठकर बैलों को हांका करेगा, जीवन के दिन कुएं के पानी की तरह चक्कर लगाते रहेंगे, और..."

"और क्या?"

"मैं सोचा करती कि मैं जब मां बनूंगी, अपनी बेटी का नाम गेहूं रखूंगी

और बेटे का नाम गुलाब। गेहूं जब बड़ी होगी तो सारे संसार की भूख मिट जाएगी, और गुलाब जब जवान होगा तो सारे संसार से सुगन्ध आने लगेगी।"

"फिर?"

"फिर...मैं तुम्हें बता तो चुकी हूं।...मैंने सोचा कुछ था, और हो गया कुछ।"

"पर इस संसार में गेहूं भी उगता है और गुलाब भी।"

"यह वह गेहूं नहीं है जिसे मेरी कोख से जन्म लेना था—मुहब्बत की कोंख से। और न यह वह गुलाब है...यह तो जूठे पानी से पला हुआ गेहूं है जो लोगों की नसों में पवित्र लहू पैदा करने के बजाय विकार पैदा करता है...और यह गुलाब...तुमने देखा नहीं? जब पुजारी इन फूलों को देवताओं के आगे चढ़ाते हैं, तो देवता इनकी सुगन्ध से पत्थर बन जाते हैं और जब स्त्रियां इन फूलों को अपनी सुहाग की सेज पर रखती हैं तो उनकी आत्मा इनकी सुगन्ध से बेहोश हो जाती है।"

"यह तो तुम सच कहती हो।"

"ज़ालिम ने अपना जीवन भी बिगाड़ लिया, और मेरा भी।"

"उसका क्या बिगड़ा?"

"ब्याह के मन्त्र पवित्र मुख से पढ़े जाते हैं, पर उसने मेरा पानी पीकर अपना मुंह जूठा कर लिया था। जूठे होंठों से लगकर वे मन्त्र भी जूठे हो गए थे।"

"फिर?"

"जैसे रोगी माता-पिता की सन्तान को माता-पिता के रोग भुगतने पड़ते हैं, किसीकी टांग खराब हो जाती है, किसीकी आंख और या कोई और अंग—मनुष्य के घर जो सन्तान हुई है उसके होंठों की मुस्कराहट मर गई है..."

मेरे शरीर में एक कम्पन हुआ और आंखों की नींद खुल गई

प्यास से मेरे होंठ फटे जा रहे थे। मेरे सिरहाने पानी की सुराही पड़ी थी, पर जब मैं गिलास में पानी उड़ेलने लगी तो मेरे हाथ ठिठक गए—जूठा पानी!

मन्दिर के घण्टे की आवाज़ आई। पुजारी शायद फूलों की थाली भरकर देवताओं की आरती उतार रहे थे। मुझे ख्याल आया, जूठे पानी से पले हुए फूलों की सुगन्ध से देवता पत्थर बन गए हैं। पहले तो यह सच और झूठ को अलग-अलग कर सकते थे, भक्ति और श्रद्धा की लाज रखा करते थे, दलितों और पीड़ितों का सहारा हुआ करते थे...लेकिन अब इन्हें न कानों से सुनाई पड़ता है, न आंखों से दिखाई देता है। ये सचमुच ही पत्थर के हो गए हैं...

स्त्रियों की एक गाती हुई टोली गुज़री। तारों की छाया में वे स्त्रियां एक नवविवाहिता लड़की को ससुराल के घर से चक्कर लगाकर आई थीं। सुहाग की सेज, फूलों की सुगन्ध और आत्मा की बेहोशी...मैं देर तक इन्हीं विचारों में लीन रही।

"ताज़ा अखबार...आज का ताज़ा अखबार..."

गली में तेज़ कदमों से गुज़रते हुए अखबार बेचनेवाले की आवाज़ आई और उसने एक अखबार मेरे कमरे की दहलीज़ में फेंक दिया। अखबार के पहले पृष्ठ पर एक खबर आंखें फाड़े सारे संसार की ओर देख रही थी—तीसरा महायुद्ध...

और मेरे हाथ में टीस उठी—अभी मुझे किसीने सच ही कहा था कि जूठे पानी से पला हुआ गेहूं लोगों की नसों में पवित्र लहू पैदा करने के बजाय विकार पैदा करता है...

और फिर मैंने कोठे पर चढ़कर मनुष्य की सन्तान का मुंह देखा। जैसे किसीकी टांग खराब हो गई थी, जैसे किसीकी आंख खराब हो गई थी...सचमुच मनुष्य के घर में जो भी सन्तान हुई थी, उसके होंठों की मुस्कराहट मरी हुई थी।

पानी का गिलास मेरे हाथ से छूट गया है और प्यास से मेरे होंठ फट रहे हैं।

हाथ ठोका

तीसरे दर्जे के उस डिब्बे में मुसाफिर तो बहुत थे, पर जिन्होंने देर तक मेरा ध्यान बांधे रखा, वह एक नवविवाहित जोड़ा था और औंधे मुंह बैठा हुआ एक बिलकुल अकेला व्यक्ति। एक तरफ ज़िन्दगी अपने काम में व्यस्त थी और एक तरफ जैसे और सभी काम खत्म करके चलने के लिए तैयार थी।

किसी स्टेशन पर वह जोड़ा बर्फवाला ठंडा पानी पीता, किसी स्टेशन पर चाय का गर्म प्याला। ज्यों-ज्यों स्टेशन गुज़रते जाते, मुझे लगता उस लकड़ी के 'चूड़े' का सुर्ख रंग जैसे और गहरा होता जाता था।

और दूसरी ओर उस अकेले व्यक्ति से भूख-प्यास भी जैसे एक तरफ हटकर बैठी हुई थी। ज्यों-ज्यों स्टेशन गुज़रते जाते, उसकी कमर और अधिक झुकती जाती थी।

नवविवाहित पति-पत्नी के एक तरफ पड़ी हुई कोई टोकरी मिठाई की भरी हुई थी, कोई फूलों से। और उस अकेले व्यक्ति के एक तरफ जो खूंटी थी, उसपर उसने एक लाल कपड़े में बंधी हुई पोटली टांगी हुई थी। प्रकट था कि उसमें उसके किसी प्रिय के 'फूल' थे और वह हरिद्वार जा रहा था।

किसीकी खुशी को बंटाते समय कोई बेशक झिझक जाए, किसीके गम को बंटाने में पराये से पराया व्यक्ति भी साहस कर लेता है। और बहुत-से स्टेशन गुज़र जाने पर मैंने उसी साहस से उस अकेले

आदमी को चाय का प्याला देते हुए कहा :

"एक को तो मौत ले ही जाती है, पर जो पीछे रह जाता है, उसका भी वह कितना कुछ अपने साथ ले जाती है!"

"मौत?" बावरी आंखों से उस व्यक्ति ने खूटी पर टंगी हुई पोटली को देखा।

"आपका कोई बहुत प्यारा था?"

"मेरा? मेरा तो कोई भी नहीं था।"

"रिश्ता ही तो सब कुछ नहीं होता।"

"रिश्ता तो था। कम से कम लोग तो यही कहते हैं।"

इतनी उलझी हुई बात मुझसे पकड़ी न गई। मेरी आंखों में पता नहीं कैसा प्रश्न होगा, शायद किसी पीड़ा की चमक भी होगी, तभी उसने फिर खुद ही कहा :

"वह मेरी पत्नी थी...असल में मेरी नहीं, वह मेरे भाई की पत्नी थी; पर उसके मरने के बाद भी लोग उसे मेरी पत्नी ही कहते हैं।"

कोई बात अभी भी मैं पकड़ नहीं पाई थी और फिर उसके होंठ कांपने लग गए। चाय, जिसे उसने पिया नहीं था, छलककर उसके कपड़ों पर पड़ गई और साथ ही उसके मन में से बात छलक उठी :

"वह औरत नहीं थी बीबीजी, वह हाथ ठोका थी।"

'हाथ ठोका?"

"वह मेरे भाई का हाथ ठोका थी और अपनी गर्ज़ से उसने मुझे अपना हाथ ठोका बना लिया। घोड़ी पर मैं चढ़ा था, सेहरे मुझे बांधे गए थे, बरात मेरे पीछे चली थी और उसने मेरे साथ फेरे लेते हुए मेरे भाई के साथ भी एक फेरा ले लिया...ब्याह तो चौथे फेरे के साथ ही गिना जाता है न, तीन पूरे फेरे उसने मेरे साथ ले लिए, पर चौथा...चौथा..."

"सबके सामने, दोनों घरों के माता-पिता के सामने उसने चौथा फेरा आपके भाई के साथ कैसे ले लिया?"

"मैंने बताया है न बीबीजी, वह औरत नहीं थी; औरत होती तो कांप उठती। वह हाथ ठोका थी, हाथ ठोका...चौथे फेरे के समय वह लाल 'सालू' में लिपटी हुई, घूंघट में बेहोश हो गई। उसके सभी रिश्तेदार पास थे, पर मेरे भाई ने जल्दी से आगे बढ़कर उसे सहारा दिया। पानी मंगाया। घूंघट थोड़ा-सा उठाकर उसके मुंह पर पानी के छींटे मारे। और फिर चौथे फेरे के समय उसे बांहों का सहारा दिए उसके साथ चलता रहा।"

"किसीको ज़रा-सा भी शक नहीं हो सकता!"

"हां, किसीको ज़रा-सा भी शक नहीं हो सकता। मैं डोली घर लाया, 'वारन' की रस्में हुईं, पर सभी शकुन गूंगे थे, किसीने भेद न खोला।

"पहली रात ही उसने महदी-रंगे हाथ जोड़कर मुझे कहा, 'मेरी तबियत अच्छी नहीं, दो-चार दिन मैं तुम्हारा मुंह देखकर ही मन भर लूंगी, पर मुझे..'

"और उसने अपनी बात रख ली। चार-पांच दिनों के बाद उसने मुझे एक पति के सभी हक दे दिए। साल बीत गया, डेढ़ साल बीत गया। वह मेरे सभी काम अपने हाथों से करती, मेरे कपड़े धोती, संवारती, रसोई का काम करती।

"मेरी मां सोतेली है, मुझे ब्याह से पहले डर लगा करता था, पता नहीं मेरी मां मेरी पत्नी से कैसा सलूक करेगी! पर उसने मेरी मां को मुझसे भी ज़्यादा जीत लिया। उसे ज़मीन पर पांव नहीं रखने देती थी। कभी किसीकी बहू को लोगों ने इस तरह सराहा नहीं होगा। मेरी मां को दोहरी बधाइयां मिलती थीं...और फिर उन बधाइयों में तीसरी बधाई भी मिल गई..."

"आपका कोई बच्चा?"

"मेरा क्यों? उसीका, उसी चौथे फेरेवाले का। बस गिनती के दिन बाकी थे। इस महीने की बात है, आधी रात के समय उसने मुझे जगाया। वह सिर से पांव तक कांप रही थी। कहने लगी, 'मेरी एक बात सुनो, मैं

मर जाऊगी, अभी कुछ ही देर में मर जाऊंगी...'

"'पागल हो गई हो? कोई तकलीफ होगी, मां को बुलाता हूं, दाई को बुलाता हूं...।' मैं उसे कहता रहा।

"'नहीं, अब दाई को बुलाने से कुछ नहीं होगा,' उसने एक ही बात पकड़ी हुई थी।

"मैं खूटी से कपड़े उतारकर पहन रहा था, वह मेरे पांव में तड़पने लग गई, 'बस, एक मिनट मेरी बात सुनो, मैंने तुम्हारे साथ पाप किया था और अब उस पाप का ज़हर मेरे शरीर को चढ़ गया है। मेरे पास बैठ जाओ, एक मिनट मेरे पास बैठ जाओ। मैंने तुम्हारे साथ अपने मन से ब्याह नहीं किया था। तुम्हारे भाई के प्रेम में मैं पागल हो गई थी, पर वह मेरी उम्र का था, शायद साल-भर छोटा ही था, उसके साथ मेरा ब्याह हो नहीं सकता था, उसने मुझे यह तरकीब बताई थी...' मेरा भाई...मेरा भाई...मेरी ज़बान जैसे सुन्न हो गई। 'तुम्हें याद है, मैं फेरे लेते समय बेहोश हो गई थी? असल में मुझे कुछ नहीं हुआ था। मैंने सबकी आंखों में धूल झोंकी थी। तुम्हारी आंखों में, तुम्हारे माता-पिता की आंखों में, अपने माता-पिता की आंखों में। तुम्हारे भाई ने मुझे पानी पिलाया था, सहारा दिया था, और इसी बहाने उसने चौथा फेरा मुझसे ले लिया था।'

"'और अब तुम्हारा बच्चा...?' मुझे याद है, मैंने पूछा था। पता नहीं उस समय मेरे मुंह से वह आवाज़ कैसे निकली थी।

"'यह भी उसीका है, उसीका, जिसके साथ मैंने चौथा फेरा लिया था। मैंने तुम्हें जीते-जी मार डाला था, पर एक बात मेरी सुन लो, बस एक बात, आज रात मैंने तुम्हारी मौत अपने ऊपर ले ली है। तुम्हारे भाई ने मुझे ज़हर की पुड़िया दी थी कि मैं दूध में घोलकर तुम्हें पिला दूं। यह मकान तुम्हारे नाम है न, तुम्हारी मां ने मरते समय तुम्हारे नाम लगाया था, यह तुम्हारी मां के माता-पिता का मकान था न? और यह तुम्हारा भाई तुम्हारी दूसरी मां से है, यह तुम्हारा मकान लेना चाहता था...'

"मुझे आगे याद नहीं कि मैंने क्या कुछ कहा। मेरी ज़बान लकड़ी की बन गई थी। वह खुद ही कहती गई, 'तुम्हारे भाई ने और भी औरतें रखी हुई हैं, उसने मेरे साथ भी धोखा किया था...वह तुम्हारा मकान...वह ज़हर मैंने तुम्हें नहीं दिया...खुद खा लिया है...'

"और बीबीजी, वह बस देखते-देखते मर गई। मेरा जीना भी उसने छीन लिया था, मेरी मौत भी उसने छीन ली।"

"मैंने आपको बताया है न बीबीजी, वह औरत नहीं, हाथ ठोका थी, हाथ ठोका..." उसके पहले शब्दों ने अब सारी गांठ खोल दी थी। खूंटी से टंगी हुई 'फूलों' की पोटली गाड़ी के हिचकोलों से हिल रही थी, जैसे इस सारी बात का हुंकारा भर रही हो।

नवविवाहित पति-पत्नी अभी भी दूसरी सीट पर बैठे हुए थे। अगला स्टेशन शायद नज़दीक था, गाड़ी की चाल धीमी पड़ गई थी और उन दोनों के कुछ शब्द कानों में पड़ रहे थे, "तुम्हारे चाचा की बहुत पहुंच है, अगर तुम उन्हें कहो, मेरी सिफारिश कर दें..."

"यह भी हाथ ठोका...?" मेरी आश्चर्यचकित आंखों ने लड़की की बांहों में पड़े हुए लाल सुर्ख 'चूड़े' की ओर देखा। चूड़े का लाल रंग बहुत डरावना लग रहा था।

एक रूमाल : एक अंगूठी : एक छलनी

कच्ची पहली से लेकर आठवीं तक बन्ती हमारे साथ पढ़ती रही थी। अभी वह पांचवीं में पहुंची ही थी कि उसके पिता उसे स्कूल से छुड़ाने के लिए आ गए। हमारे स्कूल की बड़ी उस्तादनी ने बन्ती की फीस माफ कर दी और यों उसे स्कूल न छोड़ने दिया।

सातवीं और आठवीं कक्षा को लड़कियां देखने में एकसाथ एक कमरे में बैठती थीं, पर आधी छुट्टी के समय आठवीं की लड़कियां हम सातवीं की लड़कियों को अपने पास नहीं फटकने देती थीं। हमेशा अलग होकर बातें करती रहतीं। हम सातवीं की लड़कियां जब उनके निकट जाती तो वे हमें दूर हटा देतीं। हमें आठवीं की लड़कियों पर गुस्सा आता था और हम सोचती थीं कि हम जब आठवीं में होंगी तो सातवीं की लड़कियों के साथ कभी इस तरह नहीं करेंगी।

और फिर हम आठवीं कक्षा में चढ़ीं। गर्मियों की छुट्टियों के बाद जब स्कूल खुले, हम से भी वही बात हो गई, जो हमने सोचा था कि हम कभी नहीं करेंगी। यह तेरहवां-चौदहवां वर्ष, पता नहीं, कैसा होता है! यह शायद एक देहलीज़ होती है बचपन और जवानी के बीच में। इस वर्ष लड़कियों का एक पांव देहलीज़ के इधर और एक पांव देहलीज़ के उधर होता है।

इन गर्मी की छुट्टियों में बन्ती को एक पड़ोसी लड़का सवाल समझाता रहा था। हर रोज़ छुट्टी के समय बन्ती हमें छिप-छिपकर उसकी बातें

सुनाया करती थी। अब हम आठवीं की लड़कियां आधी छुट्टी के समय सातवीं की लड़कियों को पास फटकने नहीं देती थीं।

जिस दिन बन्ती हमें उस लड़के की बात न सुनाती, हमें ऐसा लगता जैसे उस दिन स्कूल में आधी छुट्टी हुई ही नहीं थी।

"मेरी तो हंस-बोल लेने की प्रीत है, और मुझे क्या लेना है उससे! और उसने क्या लेना है मुझसे!" कभी-कभी बन्ती हमें इस तरह कहकर टालने लग गई थी।

बन्ती लाख टालती, पर उसके चेहरे से हमें प्रतीत होने लगा था कि वह हंस-बोल लेने की प्रीत अब बन्ती के कण्ठ में से होकर उसके दिल में उतरने लग गई थी। तभी तो अक्सर उसकी ज़बान खुश्क हो जाती और वह ज़्यादा बातें नहीं कर पाती थी!

एक दिन उस पगली ने अपने हाथ में पेंसिल पकड़ी और गणित की कापी पर कोई बीस जगह उसका नाम लिख दिया—'राजू...राजू...राजू।' हमारी उस्तादनी ने उसकी कापी देख ली। कक्षा में तो उसे कुछ न कहा, पर जब आधी छुट्टी हुई तो उसे अपने कमरे में बुलाया और कमरे का दरवाज़ा बन्द कर लिया। बन्ती की मानो शामत आई हुई थी। पर हम तो बन्ती की सहेलियां थीं। हम सबके चेहरे उतरे हुए थे। काफी समय के बाद जब बन्ती बाहर आई तो रो-रोकर उसकी आंखें लाल हो चुकी थीं। कापी पर जहां-जहां राजू का नाम लिखा था, उस्तादनी ने रबर से उसे मिटा दिया था।

आठवीं कक्षा जब एक नाव की तरह वार्षिक परीक्षा के किनारे लग गई तो सभी लड़कियां यात्रियों की तरह एक-दूसरे से अलग हो गईं। हमारा यह स्कूल आठवीं तक ही था। बहुत-सी लड़कियां अलग-अलग स्कूलों में दाखिल हो गईं। बन्ती सिलाई के स्कूल में चली गई।

दो साल बाद मुझे बन्ती के विवाह का कार्ड मिला। और लड़कियों को भी गया होगा। मैंने जल्दी से कार्ड पर लड़के का नाम पढ़ा, लिखा हुआ था—'कर्मचन्द'।

कार्ड पर 'राजू' के बजाय यद्यपि कर्मचन्द' लिखा हुआ था तो भी वह विवाह का कार्ड था, और हरएक विवाह को बधाई लेने का हक होता है। मैं भी बन्ती के विवाह पर गई, उसे बधाई देने के लिए।

बन्ती के हाथों में मेहंदी, बन्ती की बांहों में कलीरे। मैंने बन्ती को बधाई दी।

मैं बन्ती से उस हंस-बोल लेने की प्रीत के बारे में कोई बात नहीं करना चाहती थी, पर कुछ देर बाद वही मुझे एक तरफ ले गई और बोली:

"मेरी एक चीज़ संभालकर रख लोगी?"

"क्या?"

"एक रूमाल।"

मुझे यह पूछने की ज़रूरत नहीं थी कि रूमाल किसका है। रूमाल राजू का ही हो सकता था।

"इसमें ऐसी कौन-सी बात है? रूमाल तुम अपनी और चीज़ों के साथ ही कहीं रख लो न!"

"पर उसके एक कोने में उसका नाम लिखा हुआ है।

"किसीको क्या पता, वह किसका नाम है?"

"सिर्फ 'राज' लिखा होता—कोई देखता, पूछता, तो मैं कह देती, मेरी सहेली का नाम है। पर 'राजू' लिखा हुआ है। राजू तो लड़कियों का नाम नहीं होता!"

"किस चीज़ से लिखा हुआ है?"

"उसने एक दिन पेन्सिल से लिख दिया था। मैंने सूई लेकर धागे से कढ़ाई कर दी!"

"धागा उधेड़ डालो!"

"उधेड़ डालूं? यह तो मुझे ख्याल ही नहीं आया!" बन्ती ने एक लम्बी सांस भरी। कहने लगी, "तुम्हें याद है, एक दिन हमारी उस्तादनी ने रबर लेकर मेरी कापी में से उसका नाम ही मिटा डाला था? आज मैं

उसी तरह से उसका नाम उधेड़ देती हूं।"

मेरा मन भर आया। बन्ती ने मेरे सामने ट्रंक में से सुर्ख रेशमी रूमाल निकाला और सुई लेकर उसपर से राजू का नाम उधेड़ने लग गई। बन्ती ने ही तो उसका नाम काढ़ा था! बन्ती की ही कापी पर से उसकी उस्तादनी ने राजू का नाम मिटा डाला था। विवाह के कार्ड पर समाज ने राजू का नाम न लिखने दिया; और आज वही बन्ती मेहंदी लगे हाथों से रूमाल पर से उसका नाम उधेड़ रही है।

"चलो, छोड़ो अब इन बातों को। तुम खुद तो कहा करती थीं, 'यह हंस-बोल लेने की प्रीत है'..."

"सोचा तो यही था, पर यह हंस-बोल लेने का प्यार मेरी हड्डियों में समा गया है। लहू में रच गया है।" बन्ती की आंखें भर आई।

"सुना है तुम्हारे ससुरालवाले बहुत अमीर हैं! अच्छे कर्मोवाली हो तुम! उसका नाम भी कर्मचन्द...।" कितनी देर बाद मैंने बात को मोड़ा।

"नामों से भी कर्म बनते हैं?" बन्ती ने सिर्फ इतना ही कहा।

"कभी चिट्ठी लिखा करोगी, या शाहनी बनकर हम सबको भूल जाओगी?"

"कहीं भूलना अपने बस में होता!" बन्ती ने एक लम्बी आह भरी। इस समय भी शायद उसके मन में सहेलियों का ख्याल नहीं था, सिर्फ राजू का ख्याल था।

"राजू को तुम चाहे भूलो, न भूलो, पर चिट्ठी तो तुम उसे लिख नहीं सकोगी! हमें कभी-कभी लिख दिया करना, चाहे चिट्ठी में राजू की ही बातें लिखना!"

"अच्छा, कभी-कभी मन की भड़ास निकाल लिया करूंगी, पर एक बात है।"

"क्या?"

"तुम मुझे उसकी बात कभी न लिखना। पता नहीं वे लोग कैसे हैं!

बिलकुल गांव में रहते हैं। सुना है, चिट्ठी भी वहां हफ्ते में दो बार जाती है। पते पर ज़िला, तहसील, डाकखाना, गांव और न जाने क्या-क्या लिखना पड़ता है! शायद वे लोग मेरी चिट्ठी को पढ़कर ही मुझे दिया करेंगे!"

बन्ती को ससुराल गए आज पन्द्रह वर्ष हो गए हैं। पहले चार-पांच वर्षों में उसने मुझे कुछ पत्र लिखे। ज़्यादा नहीं, पर जितने भी लिखे उनमें उसके मन की भड़ास थी। मैं बन्ती को हमेशा जवाब देती रही, पर उसके कहने के मुताबिक सिर्फ रसमी किस्म के ही जवाब उसके पास पहुंचते रहे। कभी उसके मन की बातों का जवाब नहीं लिखा।

फिर दस वर्ष, बन्ती को पता नहीं क्या हुआ, उसने मुझे कोई पत्र न लिखा! मैंने समझा, अब वह अपने परिवार में खो गई होगी। मैंने भी कभी उसे पत्र न लिखा। सोचा, कहीं मेरा पत्र उसकी किसी सोई हुई पीड़ा को न जगा दे।

पर आज बन्ती का अचानक पत्र आया है। पता नहीं यह कैसा पत्र है! इसमें सिर्फ उसके मन की आवाज़ नहीं, इसमें जैसे हर स्त्री के मन की आवाज़ हो।

मेरा मन भरा हुआ है। उसने मुझे जवाब देने से रोका है, नहीं तो आज मैं उसे बहुत लम्बा पत्र लिखती और मेरा मन हलका हो जाता।

आज मैंने उसके सारे पुराने पत्र निकाले हैं, (बीच के दो-तीन पत्र नहीं मिल रहे) और आज का पत्र भी सामने रखा हुआ है। एक बार सारे पत्रों को पढ़ रही हूं। एक स्त्री के मन की आवाज़, हर स्त्री के मन की आवाज़...

......!

कैसा गांव है! जो आज का काम, वही कल का काम। यह पता नहीं

लगता कि आज कौन-सा दिन है! सिर्फ जब गांव में डाकिया आता है तो पता लगता है कि आज मगलवार है या शनिवार। यहां पूरे हफ्ते में दो बार डाकिया आता है, जैसे शहरों में तेल-तांबा मांगनेवाले हफ्ते में दो बार आते हैं।

जब डाकिया आता है, मुझे ऐसे लगता है मानो वह कह रहा है, 'मंगलवार, टले भार, तेल-तांबे का दान!' या 'शनिवार, टले भार, तेल-तांबे का दान!' पर वे लोग पता नहीं कैसे होते हैं जिनके भार टलते हैं। वे लोग पता नहीं कैसा तेल-तांबा दान करते हैं जिन्हें उनके मित्रों के, प्यारों के पत्र आते हैं। मैं किसके पत्र के लिए डाकिये का रास्ता देखू?

अच्छा तुम्हीं मुझे दो शब्द लिख देना। कोई बात न लिखना पत्र में। बस, इतना ही कि तुम्हें मेरा पत्र मिल गया। मैं इतनी बात के लिए ही डाकिये का रास्ता देखूंगी।

तुम्हारी
बन्ती

......!

तुमने बारात में मेरा ससुर देखा था, खिज़ाब-रंगी दाढ़ीवाला! अगर तुम मेरी सास को देखो तो सच कहती हैं, हैरान रह जाओ। सास तो क्या, अभी वह पुत्रवधू भी नहीं लगती बिलकुल क्वांरी लगती है। उम्र में वह मुझसे तीन-चार ही वर्ष बड़ी होगी, पर शारीरिक तौर पर बहुत कोमल है, पतली-सी लचकती हुई हिरनी जैसी। चाहे वह मेरी सौतेली सास है, पर है तो सास ही न! अगर वह मेरी सास न होती तो सच कहती हूं उसे अपनी सहेली बना लेती।

आज मंगलवार था। डाकिये को आना था। मुझे ख्याल आया, शायद तुम्हारा पत्र आए। मैं दरवाज़े में खड़ी होकर डाकिये का रास्ता देखने लगी। मेरी सास भी मेरे पास आकर खड़ी हो गई।

डाकिया आया। उसने मुझे एक पत्र दिया। मैंने सास के चेहरे की

ओर देखा। उसका चेहरा बहुत ही उदास था। ऐसे लगता था जैसे आज ज़रूर ही किसीका पत्र उसके लिए आना था पर आया नहीं।

"भाभी, कोई चिट्ठी आनी थी तुम्हारी?" मैंने उसे इतनी उदास देखकर पूछा।

"मुझे किसकी चिट्ठी आएगी?" पहले तो उसने यह कहा और फिर कहने लगी, "आनी तो थी एक चिट्ठी, पर आई नहीं।"

"किसकी चिट्ठी?" मैंने फिर पूछा।

"ईश्वर की चिट्ठी! और मुझे किसकी चिट्ठी आएगी?" लगता था वह अभी रो पड़ेगी, पर वह रोई नहीं। या ऐसा रोना रोई जो किसीको दिखाई नहीं दिया! देखा, हम स्त्रियां कैसा रोना रो सकती हैं! कभी-कभी मेरा दिल करता है, मैं भी ज़ोर से रोऊं और वह भी ज़ोर-ज़ोर से रो सके।

तुम्हारी
बन्ती

......!

सच मानो, जब से यहां आई हूं, मुझे यह घर कभी अपना नही लगा। बिलकुल मेहमान-सी लगती हूं इस घर में। अब इस घर ने मुझे बांध लिया है। एक छोटा-सा राजू आ गया है मुझे बांधनेवाला। घर के सभी लोग उसे दीपक कहकर बुलाते हैं।

शाम के समय काफी ठण्डक उतर आती है। मैं एक लाल रेशमी रूमाल उसके सिर पर बांध देती हूं। लाल रूमाल में वह और भी सुन्दर लगता है। मैं उसे गोद में लेकर देर तक उसका मुंह देखती रहती हूं।

तुम्हारी
बन्ती

......!

मेरा राजू तीन वर्ष का हो गया है। तुम्हें अपने मन की बात बताऊं? कभी-कभी जब मैं राजू के मुख की ओर देखती हूं तो देखते-देखते उसका मुंह बड़ा हो जाता है। उसका कद भी बड़ा हो जाता है। जैसे मेरा राज़ू पच्चीस वर्ष का हो गया हो और मैं अभी बीस वर्ष की हूं। देखा, मैं कितनी पागल हूं!

बड़ा शरारती है मेरा राजू। अभी मेरे पास खेल रहा था। अभी रसोई में जा पहुंचा है। गम चूल्हे में पानी का गिलास उंड़ेल दिया है। सारा चूल्हा फट गया है। मेरी सास बेचारी को दिन-भर लगाकर बनाना पड़ेगा।

हां, तुम्हें एक बात बताऊं। मेरी सास चूल्हा क्या बनाती है, जैसे कोई बुत तराशती हो। तुमने कहीं ऐसा बांका चूल्हा नहीं देखा होगा! उसे चूल्हा बनाने का बहुत चाव है। थोड़े-थोड़े दिनों के बाद चूल्हा तोड़कर फिर से बनाने लगती है। जिस दिन वह अन्दर का चूल्हा बनाती है उस दिन मैं बाहर के चूल्हे पर रोटी बनाती हूं। वैसे जहां तक बन पड़ता है, वह खाना पकाने का सारा काम स्वयं ही करती है। जब वह पन्द्रह-बीस दिन बाद रसोई का चूल्हा तोड़कर नया बनाने लगती है, उस दिन खाना पकाने के काम को हाथ नहीं लगाती। चूल्हा बनाने का तो उसे कोई खब्त है! आए दिन मिट्टी में पानी डालकर बैठ जाती है, रसोई का दरवाज़ा अन्दर से बन्द कर लेती है। मिट्टी गूंधती और साथ में गाती है।

वैसे मैंने कभी उसे गाते हुए नहीं सुना। गाना तो एक तरफ, उसे कभी मन भरकर बातें करते भी नहीं सुना; पर चूल्हा बनाते समय वह ऐसे गाती है, जैसे कोई चरखा काते और लम्बा गीत शुरू कर दे! ईश्वर ही जाने उसके मन पर क्या गुज़रती है! माता-पिता ने भी तो उसकी जवानी से धोखा किया है! हीरे जैसी लड़की को तराज़ू में रखकर चांदी के रुपयों की एवज़ कंकड़ के पल्ले बांध दिया!

अच्छा, दो शब्द जल्दी लिखना।

तुम्हारी
बन्ती

......!

तुमने गीतों के बारे में पूछा है जो मेरी सास गाती है। पूरा गीत उसने कभी नहीं गाया। जब कभी एक टप्पा गाती है तो घण्टा-भर वही गाती रहती है।

आज भी उसने पुराने चूल्हे को तोड़कर नया बनाना शुरू किया है। रसोई का दरवाज़ा अन्दर से बन्द है। उसकी आवाज़ आ रही है:

'आ रे चंदा! हाथ सेंक ले!
बिरहा की आग हमने आंगन में
जलाई है।'

और मैं तुम्हें पत्न लिखने लग गई हूं। मैं बाहर आंगन में बैठी हुई हूं। उसने कोई और टप्पा शुरू किया, तो मैं तुम्हें लिखूंगी।

दिन ढल चला है। वही टप्पा सारे दिन गाती रही है। आज उसकी आवाज़ भी रुंधी हुई थी। कितनी देर तो उसकी आवाज़ निकली ही नहीं। रुक-रुककर आवाज़ आई है :

'अगर नौकरी पर चले हो तो हमें जेब में डाल लो।
जहां रात पड़े, हमें निकालकर कलेजे से लगा लेना।'

हां, मुझे उसका एक गीत याद आया है। वह उसने आज तो नहीं गाया, पर पहले गाया करती थी :

'आपने न सुख का सन्देशा भेजा
न आपने चिट्ठी भेजी है!
किसके हाथ मैं सुख का सन्देशा भेजूं,
किसके हाथ मैं चिट्ठी भेजूं?
लिखने के लिए कागज़ नहीं है

कलम के लिए 'काही' नहीं है
दिल का टुकड़ा मैं कागज़ बनाती हूं
और अंगुलियों को काटकर काही
आंखों का काजल स्याही बनाती हूं
और आंसूओं का पानी डालती हूं
परछाइयां ढलने पर
चिट्ठी लिखने बैठी हूं
मेरी आंखों से आंसू बरस रहे हैं।'

रसोई का दरवाज़ा अभी भी बन्द है। बन्द दरवाज़े से भी जैसे गुज़रकर मेरा मन उसके मन में समा गया है। इन गीतों में भला कौन-सा गीत है जो उसके मन का नहीं और मेरे मन का नहीं?

तुम्हारी
बन्ती

......!

एक बात मैं तुम्हें लिखना भूल गई थी। मेरी सास को कई दिनों से रोज़ थोड़ा-थोड़ा बुखार हो आता है। लाख मिन्नतें करो, वह एक पल के लिए भी आराम नहीं करती।

"भाभी, इस तरह तो डाकिया सचमुच ही एक दिन ईश्वर की चिट्ठी ले आएगा! तुम खुद ही अपनी जान की दुश्मन बनी हो"—एक दिन मैंने उससे कहा। पता है क्या कहने लगी? "तुम्हारा मुंह मीठा करूं, अगर सचमुच ही कोई डाकिया उसकी चिट्ठी ले आए!" सच कहती हूं, उसका दुःख देखकर तो मेरे मन का भी दुःख मामूली बन जाता है।

ये इतने वर्ष और बीत गए! मैंने जान-बूझकर ही तुम्हें कोई पत्र नहीं लिखा। वैसे तुम्हारे नये शहर का पता मैंने ढूंढ़ लिया था। पता है, जब कभी मैं तुम्हें पत्र लिखने की सोचती थी तो मुझे लगता कि अगर मैंने तुम्हे

पत्र लिखा तो पता नहीं कौन-सी यादें मुझे चारों ओर से घेर लेंगी! तब तो मैं कई दिन होश न संभाल सकूंगी। मेरे हाथों से चीज़ें गिरने लगेंगी और तरकारियां जलने लगेंगी। अब तो सारा घर मुझे ही संभालना पड़ता है।

इतने वर्ष मेरी सास रस्सी की तरह बल खाती रही। चारपाई पर लेटी हुई जैसे उसीमें खो जाती थी। उसका रग कपास जैसा सफेद हो गया था।

तुम्हें याद है या नहीं, एक बार मैंने तुम्हें लिखा था कि मेरी सास मिट्टी का चूल्हा क्या बनाती है मानो कोई बुत तराशती हो। आए दिन, पुराना चूल्हा तोड़कर नया चूल्हा बनाने का उसका खब्त बीमारी में भी नहीं गया था। मैं उसे ज़्यादा रोकती नहीं थी। जिस दिन वह मिट्टी गूधती थी, उस दिन उसमें पता नहीं कहां से जान आ जाती थी!

लगभग पन्द्रह दिन पहले की बात है, उसे खून की उल्टी आई थी। तब न तो हमें उसके जीने की आशा थी, न स्वयं उसे ही। दिन के समय जब मेरा देवर हकीम को बुलाने गया (मेरे ससुर का स्वर्गवास हो चुका है) तो मेरी सास ने मुझे अपने पास बुलाया, बोली :

"मेरा कहना मानोगी?"

"बताओ भाभी, जो कुछ भी हो!" मेरा मन छलक रहा था। मै उसकी चारपाई से सिर टेककर रोने लग गई थी।

"पगली कहीं की! रोती क्यों है? मैं तो एक-एक मिनट करके राह देख रही हूं कि कब यह प्राणों का पिंजरा टूटे और कब मेरी रूह आज़ाद हो जाए!"

"बताओ भाभी, क्या कहती हो!"

"तुम मुझे मिट्टी गूंध दो..."

"पागल हो गई हो? सांस तुम्हारे खत्म हो रहे हैं...!"

"मुझे पता है, तभी तो मैं कह रही हूं। आखिरी बार, बस एक बार! वरना अभी वह सड़ियल हकीम आ जाएगा।"

"भाभी, तुमने दुनिया के सारे मोह तोड़ डाले हैं। दुनिया से तुम्हारा

मोह कभी हुआ ही नहीं। न तुम्हें रुपये-पैसे से प्यार, न तुम्हें अपनी जान की परवाह, फिर तुम्हें इस चूल्हे से ऐसा मोह क्यों?"

"चूल्हे के नीचे मैंने कुछ दबाया हुआ है,"—मौत के बिस्तर पर पड़ी मेरी सास हंसी और कहने लगी—"तुम यह न समझना कि मैंने मोहरों की हांडी दबाई हुई है।"

"भाभी, तुम्हारा दिल मुझसे छिपा नहीं है। जिस घर में तुम्हारा मन भर गया है, उस घर में तुम मोहरें क्यों दबाओगी? और मुझे भी मोहरों से कोई मोह नहीं!"

"यह मुझे पता है, तभी तो मैं तुम्हारे..."

"जो मन में है, निःसंकोच कह दो, भाभी! मैं तुम्हारी पुत्रवधू हूं, बेटी भी हूं, और तुम्हारी सहेली भी तो हूं!"

भाभी आंखों से रोई मगर होंठों से कहने लगी, "कभी-कभी मैं तुम्हें कहा करती थी न, कि आओ तुम्हें दाने भून दूं, मैं बहुत बड़ी भटियारिन हूं!"

"हां भाभी, मुझे याद है। पर मुझे ख्याल था कि तुम योंही मज़ाक किया करती थीं। तुम भला भटियारिन कैसे हुईं?"

"नहीं बन्ती, मैं सचमुच भटियारिन हूं, किसी भट्ठीवाले की भटियारिन। तुम अभी वह चूल्हा उखाड़ो तो नीचे की ईंटें भी उखाड़ देना। कच्ची मिट्टी से ही लीपी हुई हैं।"

"नीचे क्या है?"

"छलनी—मेरे भटियारे की निशानी और साथ में एक अंगूठी भी—वह भी उसीकी निशानी!"

और भाभी ने अपने उखड़ रहे सांसों में मुझे बताया कि उन्हें अपने गांव के एक लड़के से प्यार था। मोती नाम था उसका। माता-पिता को नकली ही मोती पसन्द आया। उन्होंने बेटी को कौड़ियों के मोल बेच दिया। विवाह को कुछ ही महीने हुए थे कि उदास मोती ने भटियारा बनकर उसके ससुराल के गांव में भट्ठी शुरू कर दी।

जब मेरी सास (रूपो नाम था उसका) दाने भुनाने गई तो मोती को भटियारा बना देखकर जैसे उसकी भट्ठी में खुद ही भुनने लग गई।

मोती ने जो कदम उठाया था, उससे भला उसका क्या बनता-संवरता? और रूपो का भी क्या संवरता? एक दिन रूपो उसके पांवों पर गिरकर रोई, 'तुम्हें मेरी कसम है जो तुम अपनी यह हालत बनाओ। भुने हुए बीज अब उगेंगे नहीं।' उसी दिन रूपो ने उसकी भट्ठी तोड़ डाली। कड़ाही उससे उठाई नहीं गई सो वह छलनी ही उठा लाई और उसे हुक्म दे आई कि अपने गांव वापस लौट जाए।

मोती न उसकी कसम लौटा सका और न उसका हुक्म टाल सका। अपनी अंगूठी, एक निशानी, उसने रूपो को दी और दूसरे दिन पता नहीं कहां चला गया! मोती भटियारा क्या बना, रूपो को सारी उम्र के लिए भटियारिन बना गया। इसने उसकी छलनी और अंगूठी अपने पास रख ली। अगूठी पर मोती का नाम लिखा हुआ था। कहां छिपाती? चूल्हा तोड़कर उसने दोनों चीज़ें मिट्टी के नीचे दबा दी और ऊपर नया चूल्हा बना दिया।

दिन-दिन-भर चूल्हे के पास बैठकर वह रोटियां क्या पकाती, जैसे मन के विचारों को बेलती-सेंकती रहती। कभी-कभी उसका दिल बहुत ही उदास हो जाता। वह चूल्हा तोड़ देती, उसकी निशानियों को गले लगाती, रोती और गाती। फिर उसी तरह दोनों निशानियों को धरती के हवाले कर देती और ऊपर नया चूल्हा बनाकर उनकी रखवाली के लिए बैठी रहती।

भाभी की यह कहानी खत्म हुई, तभी उसकी सांस खत्म हो गई। उसे खून की एक और उल्टी आई और प्राणों का पिंजरा टूट गया, पंछी उड़ गया।

जितने वर्ष भाभी प्राणों के पिंजरे में बन्द थी, मोती की अंगूठी कभी अपनी अंगुली में नहीं पहनी। जब उसकी रूह आज़ाद हो गई तब मैंने

चूल्हे को उखाड़ा और अंगूठी निकालकर उसकी अंगुली में डाल दी।

मैंने ही उसे नहलाना था, मैंने ही उसपर कफन डालना था। इसलिए मुझे डर नहीं था कि कोई उसके हाथ में पड़ी हुई अंगूठी पर मोती का नाम पढ़ लेगा। और जब तक दूसरे दिन लोग उसके फूल चुनते, उस अंगूठी पर से उसके मोती का नाम मिट ही जाना था!

छलनी मैंने अभी वैसे ही चूल्हे के नीचे रहने दी है। अगले महीने मेरी मां हरिद्वार जा रही है और मैंने अपने पति को मना लिया है कि मैं भी चार दिन को मां के साथ जाऊगी। वहां भाभी के फूलों को बहा दूंगी। आगे तुम समझ ही गई होगी! किस प्रकार ट्रंक में छलनी रखकर ले जाऊंगी और उसके फूल छलनी में डालकर लहरों में बहा दूंगी!

हो मेरी सहेली! मेरी अपनी सहेली!! आज तुम्हें न लिखू तो और किसको लिखूं? मैंने भी अपनी यादों को आज ढूंढ़-ढूंढ़कर देखा है, एक सुर्ख रूमाल उनके नीचे संभालकर रखा हुआ है। चाहे कोई बन्ती हो, चाहे कोई रूपो या चाहे कोई और, किसने अपने मन की तहों में कोई रूमाल या कोई अंगूठी नहीं दबाई हुई होती!

हम अभागिनें, जो किसीसे प्यार करती हैं, जन्म से ही भटियारिनें हो जाती हैं। दिल की भट्ठी पर अपनी सांसों को दानों की तरह भूनती हैं और यादों की छलनी में से वर्षों की रेत छानती हैं।

तुम्हारी

बन्ती : एक भटियारिन

लटिया की छोकरी

पार्वती ने जब डोली में से पैर उतारा, सबसे पहले उसके ससुर ने रुपयों की थैली में उसका हाथ डलवाया, फिर उसकी सास ने सोने की कंठी उसे मुंहदिखाई दी, फिर उसके देवर ने उसे सफेद मोतियों की अंगूठी घूंघटउठाई में दी और फिर बाकी के सगे-सम्बन्धियों ने अपने-अपने सम्बन्ध के अनुसार पांच-पांच या दो-दो रुपये उसकी मुट्ठी में दिए। देसराज की बारी आधी रात के करीब आनी थी। सुहाग की सेज पर बैठी पार्वती सोच रही थी कि उसके ससुर ने उसका घर में स्वागत कर उसे बहू से बेटी बना लिया था, उसकी सास ने उसका मुंह देखते हुए उसे घर का सिंगार कहा था, उसके देवर ने उसके रूप को सराहते हुए उसे फूलों जैसी भाभी कहा था और सगे-सम्बन्धियों ने उसे चन्दन की डाली कह-कहकर प्रशंसा की थी और वह सोच रही थी कि अगर देसराज उसका मुंह देखकर उसे अपने मन में उतार लेगा, फिर ही यह सब कुछ सार्थक होगा, नहीं तो यह सब कुछ निष्फल जाएगा।

देसराज ने बड़ी कोमलता से पार्वती का घूंघट उठाया और नज़र भरकर उसके मुंह की ओर निहारते हुए धीरे से कहने लगा, "पारो!"

जिस कोमल आवाज़ में देसराज ने पार्वती को पारो बना दिया—पार्वती का तन-मन पूर गया। उसने पलकें झपककर देसराज के मुंह की

ओर देखा। देसराज के मुंह पर एक गहरी तसल्ली थी, उसने कोट की जेब में से एक तस्वीर निकाली और पारो की झोली में डालकर कहने लगा, "तुम्हारी मुंहदिखाई।"

पारो तस्वीर की ओर देखती की देखती रह गई। यह एक भरपूर जवान लड़की की तस्वीर थी। लड़की के बदन पर एक छोटी-सी चोली थी, लांगवाली धोती बंधी थी और बालों में फूलों के गुच्छे टंके हुए थे। लड़की के मुख पर रूप का ज्वार था और यह रूप जंगली फूलों जैसा था। पारो को क्षण-भर के लिए ऐसा लगा, जैसे उसका दिल धड़कने से रह गया हो।

दूसने क्षण देसराज ने पारो को उसके दिल की धड़कन लौटा दी। कहने लगा, "यह चारू की तस्वीर है। मैं सोचता था, अगर तुम्हारा मुख उतना ही सुन्दर हुआ जितना मेरे मन में बसा हुआ है तो मैं चारू की तस्वीर तुम्हें मुंहदिखाई दूंगा।"

और देसराज ने पार्वती को अपनी पारो बनाकर चारू की कहानी इस तरह सुनाई :

"एक बार हमारा हाथ बहुत तंग हो गया था। पिताजी किसीके साथ साझेदारी कर बैठे थे। अधिक विश्वास का बदला हमें यह मिला था कि घर का सारा छाप-छल्ला बेचकर बाजार का कर्ज चुकाया था। लेना डूब गया था और हम रोटी के भी मुहताज थे। मेरे ताऊ के बेटे, बोधराज और कर्मचन्द, पिछले कुछ सालों से मध्यप्रदेश में रहते थे। सुना था ठेकेदारी करते हैं। वे कुछ सालों में ही बड़ी-बड़ी आसामियां बन गए थे। उन्होंने मुझे लिख भेजा कि मैं भी अगर कुछ थोड़ा-बहुत पैसा लेकर उनके पास आ जाऊं तो कुछ दिनों में ही घर की हालत सुधर सकती है।

"मैं सोनीपत छोड़कर विलासपुर चला गया। बोधराज और कर्मचन्द जिस ढंग से लखपती बने थे, वह ढंग देखकर मेरा दिल कांप गया। वे बीस रुपये सैकड़ा ब्याज लेकर अपना रुपया ब्याज पर दे देते थे। दांव लगे तो

पच्चीस रुपये भी लगा लेते थे। आसपास के गांवों में गरीबों का जीना भी गिरवी पड़ा हुआ था और मरना भी। मैं साहूकारी का काम न कर पाया, लेकिन पास-पड़ोस के गांवों में काम का अवसर देखते हुए मैंने विलासपुर से उन्नीस मील दूर अक्लतरे में साबुन का कारखाना खोल लिया।

"जो गांव रेलवे लाइन के पास पड़ते हैं, वहां के आदिवासी चाहे अपनी जंगल की आज़ादी को खो बैठे हैं, फिर भी नाच-गाने की आज़ादी उनकी हड्डियों में रमी हुई है। होली के दिनों में मैंने किसीसे पूछा कि अगर मैं लोगों के नाच-गानों की महफिल में चला जाऊं तो किसीको एतराज़ तो नहीं? मालूम हआ कि किसीको एतराज़ नहीं था। मैं एक सांझ को गांव के उस इकट्ठ में चला गया जहां मृदंग और बांसुरी बज रही थी, स्त्रियां और पुरुष कांसे की कटोरियों में ताड़ी पी रहे थे और गा रहे थे। लाल-पीले रंग में डूबी हुई औरतों ने पूरे हाथों में कांच की चूड़ियां पहनी हुई थीं, पैरों में चांदी की नाग-मोरियां और नाक में मोटी-मोटी तीलियां। गेंदे के फूल उनके बालों में बंधे हुए थे। उनका गीत मुझे आज तक याद है :

'मोर अंगना में आयो रसिया
का करू दाई एक न माने
चले न मोरे बसिया
मोर अंगना में आयो रसिया!'

"यह जवान लड़की गज़ब की खबसूरत थी। उसने सारे इकट्ठ की फेरी ली और बांहें लटकाकर एक लम्बा-सा गीत गाया। उस गीत की एक ही पक्ति मुझे याद रह गई है, 'लटपट पाग से लपेट मन ले गयो', हर बार जब वह यह पंक्ति बोलती थी, सारे इकट्ठ की स्त्रियां उसके साथ मिलकर इस पंक्ति को गुंजा देती थीं। उसने बड़ा रंग बांधा। पर मृदंगवाला उससे भी अधिक मस्ती में था, उसने बड़ी लटक से एक गीत गाया :

'तोला देखे रहियो री
लटिया की छोरी मोरे जीया में भा गई

नागन-सी छोरी मोरे हिया में छा गई
जहिर चड़ ह गयो री
तोला देखे रहियो री।'

"लोग यह गीत गा रहे थे और साथ में गुटक रहे थे। मैंने देखा कि मृदंगवाला भी और कई दूसरे भी, बार-बार जिस ओर देख रहे थे, वहां एक पन्द्रह-सोलह साल की वह लड़की खड़ी थी जिसने लड़कों की तरह कमर में एक अंगोछा बांधा हुआ था और गले में एक चारखानी कुर्ती पहनी हुई थी। उस ओर औरतें अपने बाल खूब लम्बे रखती हैं। पर उस लड़की ने लड़कों की तरह अपने बाल काटे हुए थे और गानेवाली औरतों से परे खड़ी बीड़ी पी रही थी।

"मैंने पिछले दिनों में गांव की बोली सीख ली थी। मेरे पास साबुन की फरी लगानेवाला चेटू काका खड़ा था, मैंने उससे पूछा कि यह लड़की कौन थी। चेट काका ने बड़ी ताकीद से मुझे बताया, 'अरे, ए छोकरी चारू! ए बड़ी चंट ए। ऐकर नजीक झन जावे, थोड़ कुन कोनो एला छेड़ी से, कि जूती एकर हाथ में आई से। ए जौन ननकी मृदंग बजावत ए एकर मौत आए, ऐसना मौला दीखत ए, ए चारू ला प्यार करत ए।' और चेटू काका ने मुझे यह भी बताया कि यह चारू लटिया पारे में रहती थी इसीलिए यह मृदगवाला ननकी अपने गीत में कह रहा था कि लटिया की छोरी मोरे जिया में भा गई।

"मैं कितनी ही देर चारू की ओर देखता रहा। मैं हैरान था कि चारू ने जान-बूझकर अपना रूप क्यों बिगाड़ा हुआ था। वह अगर दूसरी लड़कियों की तरह रंगीली धोती बांधती बांहों में कांच के गजरे पहनती, आंखों में काजल डालती और लम्बे बालों का जूड़ा बनाकर उसमें फूल टांकती, तो वह बहुत सुन्दर लग सकती थी... पर ग्वालों जैसी वह लड़की उस समय बिलकुल लड़की नहीं लग रही थी। सिर्फ उसके मुख पर उसकी आंखें ऐसी थीं जो उसके रूप की चुगली खा रही थीं। नहीं तो उसकी ओर दूसरी बार देखने का भी खयाल न आता।

"दूसरे दिन चेटू काका ने मुझे फिर बताया कि वह लटिया पार की छोकरी बड़ी खतरनाक थी। आठ आने महीना पर एक खपरैल किराये पर लेकर अकेली रहती थी। छुटपन में मां डूबकर मर गई थी। बाप पागल हो गया था और अब वह शेरनी की तरह किसीसे भी नहीं डरती थी। बीड़ियां फूकती थी, जुआ खेलती थी और ठेके पर जाकर पउवा शराब एक ही बार चढ़ा लेती थी। कभी वह ओखली में लोगों का धान कूटकर चार-पांच आने रोज कमा लेती थी और कभी वह स्टेशन पर जाकर एक-एक आने में लोगों का सामान ढो देती थी। और चेटू काका ने मुझे चेताया कि कभी राह जाते मैं उसे बुला न लू। वह किसीकी इज्जत नहीं देखती थी और दूसरे का हाथ झटककर पांव में से जूती निकाल लेती थी।

"यह सब कुछ बड़ा अजीब था। मैं अक्सर बैठा-बैठा चारू के बारे में सोचता रहता, कइयों से पूछताछ भी करता। सभी चेटू काका की बात दोहराते थे। वैसे होली के दिनों से, जिस दिन ननकी ने वह गीत गाया था, चारू का नाम सारे गांव में 'लटिया की छोकरी' पड़ गया था।

"एक दिन चारू बाड़ी पीती हुई मेरे कारखाने में चली आई और आते ही मुझसे कहने लगी :

"'ठाकुर! मोला नौकर रखवै का?'

"'का काम जानत अस?'

"'जौन काम ते देवे।'

"'कारखाना में तो कतको काम ऐ, पानी भरवै? साबुन कटाई करवै? पेटी उठावै?'

"'सब काम करी हो।'

"'छः आना रोजी मीली।' "'मोला मंजर ए।

"चारू मेरे कारखाने में छः आने रोज पर मजदूरी करने लगी। चारू को आए अभी एक महीना भी नहीं हुआ था कि ननकी भी मेरे कारखाने

में नौकरी करने आ गया। मुझे ननकी के इश्क का पता था, इसलिए मैंने उसे बारह आने रोज़ पर अपने कारखाने में रख लिया। उन दिनों औरत को छः आने रोज़ और मर्द को बारह आने रोज़ मिलते थे।

"ननकी का इश्क सारे गांव में मशहूर था। मैंने कुछ दिनों बाद ननकी को बुलाकर कहा :

"'ननकी! तोर प्यार के बात तो खूब फैल गए, अब ते चारू से ब्याह कर ले।'

"'ए साली तो मोर हाथ ही नहीं आवे। ननकी ने मुंह लटकाकर मुझे जवाब दिया।

'तो फिर तै एकर खयाल ना छोड़ दे।' मैंने ननकी के मन को देखने के लिए फिर कहा।

"'का करूं ठाकुर! एकर प्यार के जहर तो मोर रूयां-ख्यां मे समा गए।' ननकी ने जिस समय यह उत्तर दिया, ननकी का मुख देखते ही बनता था।

"'तोर गांव में तो एकर ले बड़ीया बड़ीया पड़ै ए।' मैंने ननकी से हसकर कहा।

पर ननकी का इश्क पक्का था। बड़ी गंभीरता से कहने लगा, 'पता नहीं ठाकुर! ए साली लटिया की छोकरी मोर ऊपर का जादू कर देई से।'

"कई महीने बीत गए। ननकी उसी तरह बड़े सबर से इश्क करता रहा और चारू उसी तरह ननकी से भी और गांव के और मर्दों से भी तनी रही। एक दिन ननकी घबराया हुआ मेरे पास आया और कहने लगा :

"'ठाकुर! एह जोन नया ठोनेदार आए से, ए मोल ठीक नहीं दीखत ए। एसेना लागत ए कि कोई दिन ए कोई गड़बड़ जरूर करे।'

"'क्यों ननकी, क्या बात है?' मैंने उससे पूछा।

"'कल सांझ के चारू जब तालाओं ते लौट के आत रही से, तो ठानेदार उकर हाथ ला धर लई से।' ननकी ने मुझे बताया।

"'फिर?' मैंने कुछ चिन्तित होकर पूछा।

"'फिर का? चारू गुस्सा गई। अऊ, खूब गाली दई से, अऊ तान के एक थप्पड़ मारी से।'

"ननकी ने जब मुझे यह बताया, चिन्ता तो मुझे भी हुई, पर मैंने ननकी को ढारस देकर भेज दिया। बात यह थी कि गांव में शराब. बन्दी हो रही थी। पहले लोग आम पीते थे, अब चोरी से पीनी पड़ती थी। लोग पुलिसवालों पर खीझे हुए थे और पुलिस लोगों पर। इन दिनों बात-बात पर पुलिसवालों और लोगों में तन जाती थी। मैंने कभी चारू से पूछा नहीं था, पर मैंने गांव में से अफवाह सुनी थी कि चारू हफ्ते में एक-आध बार विलासपुर से शराब की बोतल छुपाकर ले आती थी और यहां आकर बेच देती थी। विलासपुर में शराबबन्दी नहीं थी। मेरा डर सच्चा निकला। एक दिन सन्ध्या समय गांव का नया इन्स्पेक्टर ओमप्रकाश दो सिपाहियों को लेकर मेरी ओर आया क्योंकि उसे लटिया पारे जाकर चारू की खपरैल की तलाशी लेनी थी और मुझे साथ ले जाकर सरकारी गवाह बनाना था।

"मुझे इन्सपेक्टर के साथ जाना पड़ा। चारू को जलती हुई आंखों से देखता हुआ वह सिपाहियों से खपरैल का चप्पा-चप्पा ढुंढवाने लगा। महुए का एक पउवा मिल गया। पर बाकी परछत्ती पर सिर्फ खाली बोतलें पड़ी हुई थीं। पउए को एक झरोखे में रखकर इन्सपेक्टर और सिपाहियों ने आंगन में पड़े लकड़ियों और उपलों के ढेर में ढूंढ़ना शुरू किया।

"चारू से बात करने का मुझे मौका मिल गया। उसने मेरे कहने पर एक खाली पउए में पानी भर के शराब के पउए से बदल दिया और बाहर उपलों के ढेर के पास जा खड़ी हुई। उपलों के ढेर से कुछ न निकला। इन्सपेक्टर ने उसी एक पउए को संभाल लिया। उसकी रिपार्ट लिखकर

उसने मेरे दस्तखत करवाए, और चारू का अंगूठा लगवाया और चारू को दूसरे दिन सवेरे नौ बजे थाने में आने के लिए कह गया।

"जाते-जाते उसने चारू को बड़ी तनी हुई आंखों से देखा और कहने लगा, 'लटिया की छोकरी! अब तोला मालूम पड़ी कि आटा-दाल के का भाओ होते, पुलिस के चक्कर में अबी नहीं पड़े अस ना।'

"चारू की हंसी मुझे कभी नहीं भूलेगी। वह ठहाका मारकर हंसी और कहने लगी, 'जा, जा, तौर जैसना कतकों देख डारे आ।'

"सवेरे थाने में मुझे भी जाना था। जाकर देखा कि गांव के कुछ और मुखिया भी इन्सपेक्टर ने गवाहियां देने के लिए बुलाए हुए थे। चारू को आने में ज़रा देर हो गई थी। पर वह जब आई, बड़ी बेपरवाही से मेज़ की ओर खड़ी होकर बीड़ी पीने लगी। मेज़ पर इन्सपेक्टर ने अपने कागज़ों आदि के साथ शराब का पउआ रखा हुआ था। गांव के मुखियों से कागज़ पर दस्तखत करवाते हुए, उसने बोतल दिखाई। बोतल को हाथ में लेकर जब एक आदमी ने हिलाया तो शराब की झाग न उठी। दूसरे ने हैरान होकर ढक्कन उतारा और उसे सूघा। शराब की बू भी नहीं थी। एक आदमी को एक घुट पिलाया गया तो उसने बताया कि यह तो निरा पानी है। इन्सपेक्टर बड़ा हैरान हुआ। ऊंची-ऊंची गालियां सिपाहियों को देने लगा कि उन्होंने रात को चारू से रिश्वत लेकर शराब को पानी में बदल दिया था। इन्सपेक्टर ने सैकड़ों गालियां दीं। पर अब क्या हो सकता था! बात टल गई और चारू उसी तरह बीड़ी पीती हई थाने से सुरखरू होकर चली गई।

"एक-दो दिनों के बाद मैंने चारू को अपने पास बुलाया और कहा :

"'देख चारू! ते अकेले रहत अस ना? ऐकरे खातर तोर ऊपर ए सब मुसीबत आत है ए।'

"'मैं जानत हों ठाकूर!' चारू ने बड़ी हलीमी से जवाब दिया।

"मैंने फिर उससे कहा, 'मोर समझ में ननकी बहुत अच्छा छोकरा ए, अऊ तौर सिऊ प्यार करत ह ए।'

"'मैं जानत हों।' उसने फिर वही जवाब दिया।

"'तै उकर सेयों ब्याह काहे नहीं कर लेत अस?' मैंने उससे सीधा सवाल किया।

"'करिओं, पर थोड़ा ठहिर के।' चारू ने बड़ी तसल्ली से मुझे बताया।

"'कतब दिन ठहिर के वे?' मैंने उससे जब पूछा तो चारू कितनी देर कुछ न कह सकी, फिर धीरे से यह कहकर कि 'को जाने वह बीड़ी पीती मेरे कमरे में से चली गई।

"चारू के मन की गहराई कोई न नाप पाया। दिन उसी तरह गुमसुम बीतने लगे। सिर्फ मेरे कहने पर चारू ने इतना कर लिया कि उसने अंगोछा बांधने की जगह औरतों की तरह रंगदार धोती बांधनी शुरू कर दी और औरतों की तरह बाल भी लम्बे करने लगी।

"एक दिन गांव में बड़ा शोर मचा कि गांव का पुराना मालगुज़ार कितने ही दिनों के बाद गांव लौटा था और रात अपने खेतों की झोंपड़ी में सोया पड़ा था कि झोंपड़ी को आग लग गई। मालगुज़ार बीच में ही जल मरा था। चेटू काका ने मुझे विस्तार से बताया।

"'अरे ओ मानसिंह मालगुज़ार रही से ना! जौन गांजा के चिलम में अफीम डालके नशा करत रही से, आज रात के उकर झोंपड़ी में आग लग गए, उई में बिचारा जल मरी से।' लोग कहते थे कि सठियाए हुए बूढ़े ने शायद रात को चिलम में अफीम की डली अधिक डाल ली थी जिसके नशे में चिलम उसके हाथ से छट गिरी थी और उसकी खाट को आग लगती-लगती पूरी खपरैल में लग गई थी। फिर धीरे-धीरे यह खबर भी चल निकली कि रात को मालगुज़ार ने अपने किसी आदमी के हाथ चारू को अपनी झोंपड़ी में बुलवाया था और उसपर जबरदस्तीहाथ

डालना चाहा था। यह सारे गांव को मालूम था कि अगर कोई चारू को हाथ डालना चाहे तो उसका क्या हशर होता था। लोग कहते थे कि चारू ने ज़रूर उसे अपनी जूती से पीटा होगा और झोंपड़ी से भाग गई होगी बूढ़े को उसीकी आह लग गई थी, इसलिए वह रात को दैवी आग से जल मरा था।

"चारू से पूछने की किसीको हिम्मत नहीं थी। मैंने भी कुछ न पूछा।

"तीसरे दिन पूर्णिमा थी। पूर्णिमा के दिन ननकी दौड़ता-दौड़ता मेरे पास आया, उसकी सांस फूली हुई थी। कहने लगा, 'ठाकुर साहिब! आज मोर मन खूब खुश ए! को जाने लटिया की छोकरी के मन में का आई से कि मौला बुलाके आपन मुंह ले मोर संग ब्याह करे बर कही से।'

"सच?' मैं ननकी की तरह खुश भी हुआ और हैरान भी।

"'सच ठाकुर साहिब! मैं तो तुमन ला न्योता दे बर आए हों। आज रात के चारू तुमन ला आपन घर में खाए-पिए बर बुलाई से।' ननकी ने मुझे कहा और मुझसे दिन-भर की छुट्टी लेकर चला गया।

"मैंने उपहार के रूप में चारू के लिए एक रंगीली धोती खरीदी और रात को उसके घर चला गया। चारू की खपरैल में ढोलकी बज रही थी। खपरैल के दरवाज़े में बहुत-से फूल टांके गए थे और बरामदे में चावल पक रहे थे।

"रायोतों की जाति में और दूसरी छोटी जातियों में विवाह की कोई रस्म नहीं होती। लड़का लड़की के हाथों में कांच की चूड़ियां पहना देता है, बस विवाह हो जाता है। ननकी की मां, रायोतों की तीन-चार और स्त्रियां और गांव के दो मुखिया इस दावत में आए हुए थे। बस और कोई नहीं था। रोहू मछली पकी हुई थी, लुचई चावल बने हुए थे और चारू सबको महुए की शराब पिला रही थी। वैसे चारू आज कोई दूसरी ही चारू दिखाई दे रही थी।

उसने पीले रंग की कुर्ती पहनी हुई थी, लाल रंग की धोती बांधी थी, हाथों में कांच की चूड़ियां और शीशे के गजरे पहने हुए थे। माथे पर बिन्दू लगाया था और बालों में मोगरे के फूल गुंथे हुए थे।

"रायोतों की स्त्रियां और गांव के मुखिया जब खा-पोकर विदा हो गए तो मैंने शराब की बोतलों की ओर देखकर चारू से पूछा :

"'चारू, तोला डर नहीं लगे, जो ऊपर ले थानेदार आ जाए तो?'

"चारू के मुख पर पहले रूप ही चढ़ा हुआ था, अब एक और चमक आ गई और वह बिजली की तरह चमककर बोली, 'अब मोला थानेदार कबी तंग करीसे तो मैं उला उहीं जगा भेजूं जहां मालगुजार गए से।'

"मैं भौचक्का रह गया। मेरी तरह ननकी का मुंह भी खुले का खुला रह गया। ननकी बोल न पाया, मैंने ही चारू से पूछा, 'सच बता चारू! मालगुज़ार ला तहीं मारे अस?'

"'मैं काबर मारीओं, उकर पाप ही उला मारे ई।' चारू तमक. कर बोली।

"'ओ तोला छेड़ी रही से?' इस बार ननकी ने चारू से पूछा।

"चारू ने दांत पीसकर जवाब दिया, 'ओ बढ़ऊ के का हिम्मत रही से जैस मोला छेड़तीस।'

"'फिर?' मैंने और ननकी ने हैरान होकर पूछा।

"'ओ मोर दाई ला मरवाए रही से।' चारू के मुख पर रोष का एक नया रूप चढ़ गया।

"'तोर दाई ला?' मेरे मुंह से निकला।

"चारू ने हाथ में पकड़ी हुई शराब की कटोरी एक ओर रख दी और अंगड़ाई लेकर कहने लगी, 'मोर दाई गाऊ-भर में सबसे खूबसूरत रही से। मालगुज़ार के मन खराब हो गई से। मो दाई एला खूब डांटो से। आउ एक दिन जब मोर दाई कुआं ले पानी भरत रही से, तो ए आपन कोनों आदमी के हाथ उला कुआं में धकेल देई से। मोर दाई मर गए। एइ दुख

मां मोर दादा पागल हो गए। मैं आपन मन में कस्म खाए रहियों कि अपन दाई के बदला चुकाके छोड़ियों।'

"'चारू! इहिं खातर तें ब्याह नहीं करत रहे अस?' ननकी ने चारू की बांह अपने हाथ में पकड़ ली और उसे गर्व से पूछा।

"'हां ननकी! मैं आपन मन में प्रतग्या करे रहओ कि मैं आपन हाथ में कांच की एक चूड़ी तक ना पहिनूं...।'

"ननकी ने चारू को गले से लगा लिया। उसके मुंह से बार-बार यही निकल रहा था, 'ए मोर चारू! ओ मोर लटिया की छोकरी! तैं अतका दुख अकेले बोहे-बोहे घूमत रहे अस, मोला पहिले काबर नहीं बताए अस। मैं तोर सबके-सब दुख ला आपन ऊपर ले लेत।'

"चारू ने ननकी को बड़ा दुलराया और कहने लगी, 'ओ ननकी! मैं तोल शुरू ले प्यार करत रहियों। मैं तोला कोई खतरा में कैसे डालत? अऊ फिर जब तक मैं आपन हाथ ले बदला नहीं लेते, मोर दाई के आतमा कैसे चैन पातीस!'

"और पारो... "कहानी सुनाते हुए देसराज की आवाज़ भर्रा गई थी, वह पारो को गले से लगाकर कहने लगा :

"चारू के रूप में मैंने औरत के मन का जो रूप देखा है, उसके आगे मेरा सिर भुक जाता है। मैंने इसीलिए चारू की तस्वीर तुम्हें मुंहदिखाई दी है।"

देसराज की छाती से सिर लगाकर पारो ने एक बार फिर चारू की तस्वीर की ओर देखा और उसे अपनी आंखों में संजोती हुई सोचने लगी कि वह चारू के रूप को अपने रोम-रोम में बसा लेगी और वह देसराज के मन में उसी तरह अंकित हो जाएगी...जिस तरह उसके मन में चारू के मन का रूप अंकित था।

वास्तुकार

कहते हैं कि हीर की हर सहेली एक से एक बढ़-चढ़कर थी। जब कभी ये सहेलियां मिल बैठतीं तो मानो यौवन और सौन्दर्य का एक ज्वार-भाटा-सा आ जाता। गाफरोड़ की सभी कोठियां यों दिखाई देती थीं जैसे हीर की सखियां। बांकी, तिरछी, लजीली और सजी-सजाई। इन सबके बीच राजमीत की कोठी मानो हू-ब-हू हीर थी, अक्खड़, अलबेली और लटबावरी।

सभी कोठियों की फुलवारियां बरों के छत्ते की तरह गुंथी हुई थीं, लेकिन राजमीत की कोठी की फुलवारी ज़ुल्फों की तरह परेशान थी। इश्क-पेचां की बेल आड़ुओं के पेड़ों में उलझी हुई थी और तोरेयों की बेल मोतिये के पौधे के ऊपर गुज़र रही थी। अगरचे राजमीत लोगों को हंसी-हंसी में कह चुका था कि उसके बाग का हर पत्ता उसके अपने विचारों की तरह उलझा हुआ है, लेकिन लोग उसकी अमरीकन ढंग की कोठी की बगल में बाग की यह बेतरतीबी देखकर यही कहते थे कि उसने शहरी खूबसूरती को जंगल की झलक देकर निराला ही सौन्दर्य उत्पन्न किया है।

डाक्टर दीवानचन्द ने जब शहर के इस सबसे बड़े स्थापत्यकला के निपुण राजमीत की कोठी देखी तो वह देखता ही रह गया, और फिर पूरे विश्वास के साथ कोठी में गुजरता हुआ राजमीत से मिलने के लिए उत्सुक हो उठा और फिर मिलते ही बोला :

"यह मुझे मालूम है कि आप आजकल केवल बड़ी-बड़ी सरकारी इमारतों के नक्शे ही बनाते हैं और आप एक-आध मकान का नक्शा बनाना पसन्द नहीं करते, लेकिन फिर भी मैं आपके पास आया हूं।"

राजमीत केवल मुस्कराकर रह गया।

डाक्टर दीवानचन्द फिर बोला:

"मेरी बीवी के दिमाग में न जाने किस किस्म के मकान का नक्शा समाया हुआ है, कई नक्शे बने और रद्द हो गए...आपकी शोहरत सुनी और यह भी सुना कि आप मामूली काम में हाथ नहीं डालते, फिर भी आपके पास आशा लेकर आया हूं—लोग कहते हैं कि घर का नक्शा जैसा आप बनाते हैं, कोई और नहीं बना सकता।"

राजमोत को जल्दी से एक उत्तर सूझा, "अगर लोग यह कहते हैं तो वे गलत कहते हैं। किसी इमारत का नक्शा सचमुच मेरी तरह कोई नहीं बना सकता, लेकिन घर का नक्शा।...मैंने आज तक एक भी घर का नक्शा नहीं बनाया। जब कभी घर का नक्शा बनाने लगता हूं तो वह एक खूबसूरत इमारत बनकर रह जाता है...।"

मगर राजमीत बोला नहीं "उसने इस उत्तर को होंठों में भींच लिया और इसके साथ ही उसकी मुस्कान भी घुटकर रह गई।

दीवानचन्द की आवाज़ फिर सुनाई दी :

"आप लाखों के काम करते हैं, सैकड़ों के काम में आपको उत्साह नहीं मिलता...बेगार का काम समझकर इनकार न कीजिएगा...यहां किसीके अधूरे स्वप्न को पूरा करने की बात है।"

"मगर सचमुच मैंने घर का नक्शा कभी नहीं बनाया—यह मैं आपको टालने के लिए नहीं कह रहा, बल्कि वास्तव में यही बात है।"

"आखिर आपने अपने घर का नक्शा तो बनाया ही है।"

'मेरा घर'?—राजमीत ने पहले चारों ओर दीवारों को देखा, फिर छत की ओर, फिर उस बैठक में से बगल के कमरे में खुलनेवाले दरवाज़े

की ओर देखा। राजमीत के पास इस बात का बिलकुल सीधा उत्तर मौजूद था, यानी—एक घर का नक्शा वह होता है जिसमें एक मर्द की बैठक का दरवाज़ा उस औरत के कमरे में खुलता है जिसे वह प्यार करता है...लेकिन...लेकिन मैंने न किसी घर का नक्शा बनाया और न कहीं बना देखा...।

राजमीत यह अति सीधा-सा उत्तर देना चाहता था, लेकिन वह चुप रह गया।

उसे महसूस हुआ कि यह सीधी-सी बात भी उस डाक्टर दीवानचन्द की समझ में नहीं आने की, क्योंकि इस बात को आज तक कोई भी समझ नहीं पाया था।

डाक्टर दीवानचन्द ने अपनी बात जारी रखी :

"मेरी बीवी के मन में न जाने किस किस्म का नक्शा समाया हुआ है। वह कहती है कि जब मैं रात को सोती हूं तो मुझे वह घर दिखाई देता है, लेकिन आंख खुलते ही उस मकान का नक्शा भूल जाता है। इसलिए मैं उस मकान की शक्ल अपने शब्दों में नहीं बता सकती..."

राजमीत की एक आह उसके सिगरेट के धुएं से घुल-मिल गई—फिर उसे यों लगा जैसे किसीने कमरे का दरवाज़ा खटखटाया हो...बड़ी पुरानी यादें आज राजमीत के दरवाज़े को खटखटा रही थीं।

एक याद जल्दी से अन्दर घुस आई और राजमीत की बाईं ओर खड़ी हो गई...दिलवाले पहलू की ओर—राजमीत ने जब उसके चेहरे की तरफ देखा तो वह सत्ती का चेहरा था जिसे पिछले महीने सोलहवां वर्ष लगा था, और अब वह गर्मियों की छुट्टियों में अपने ननिहाल के गांव में आई हुई थी। राजमीत इसी गांव में पढ़ता था। छुट्टियों में उसका अपने मामा के पास शहर जाने का विचार था, लेकिन सत्ती को देखकर उसे यों महसूस हुआ जैसे शहर खुद चलकर उसके गांव में आ पहुंचा था। भला वह शहर काहे को जाता...

फिर बाहर के खुले दरवाज़े में से दूसरी याद अन्दर चली आई और उसकी दाईं ओर खड़ी हो गई। गांव की कई लड़कियां सत्ती की सहेलियां बन गईं और सत्ती उनके साथ अपने मकान के सहन में पीढ़ी पर बैठकर हाथ में रेशमी धागा लिए फुलकारी काढ़ना सीखने लगी।

राजमीत के मास्टरों की यह पुरानी शिकायत थी कि राजमीत पढ़ाई में तो सबसे ज़्यादा होशियार था, लेकिन उसकी लिखाई बड़ी खराब थी। ...अब, ज्यों-ज्यों सत्ती की फुलकारी के रंगीन फूल कढ़ते चले गए, त्यों-त्यों न जाने कौन-से जादू के ज़ोर से राजमीत की कापी के अक्षर मोती-से बन गए और ड्रइंग की लकीरें चहकने लगीं।

बाहर के दरवाज़े में से एक और याद बड़े तीखे कदम उठाती हुई आई और राजमीत के आगे अपने सिर को एक झटके से ऊंचा करके खड़ी हो गई—सत्ती ने एक रोज़ अपने मामा के बेटे द्वारा राजमीत से कुछ किताबें और कापियां मंगवा भेजीं। उसे भी दसवीं का इम्तहान देना था ...उसने सुना था कि राजमीत अपने दर्जे में सबसे होशियार लड़का है। —और फिर सत्ती ने जब किताबें वापस कीं तो गणित की पहली पुस्तक के पहले पृष्ठ पर, जहां राजमीत का नाम लिखा था, उसके नीचे सत्ती ने पेंसिल से अपना नाम भी लिख दिया। राजमीत जब पुस्तक खोलता तो अपने नाम के साथ सत्ती का नाम पढ़कर उसका दिल ज़ोर-ज़ोर से धड़कने लगता...और वह न जाने जीवन के कौन-से हिसाब-किताब करने में इतना मग्न हो जाता कि किताब का पन्ना उलटना ही भूल जाता ...सत्ती के पेंसिल से लिखे हुए नाम को उसने स्याही से गहरा कर लिया।

खुले गांव की तंग दृष्टि के सम्मुख एक अपरिचित लड़के और लड़की का आपस में बातचीत करना बड़े बहानों का सहारा चाहता है। देहात के सीधे-सादे जीवन में मुलाकात का बहाना मुश्किल ही से मिलता है, तो भी रास्ते पर आते-जाते राजमीत की सत्ती से जितनी बार मुठभेड़ हुई उतनी ही बार उस छैल-छबीली की मदभरी आंखों में कई लम्बे-चौड़े वादों की

झलक दिखाई दी—और फिर छुट्टियां समाप्त होने पर जब सत्ती शहर लौटने लगी तो उसने एक पत्र राजमीत की किताब में छिपाकर भेज दिया, जिसमें लिखा था कि वह दसवीं पास करके शहर आ जाए ताकि वह किसी कालेज में एकसाथ पढ़ें।

राजमीत के हाथ में थमा हुआ पहला सिगरेट खत्म हो गया, उसी सिगरेट की आग से उसने नया सिगरेट जला लिया...

बाहर के दरवाज़े में से एक और याद अन्दर चली आई। उसकी चाल बड़ी मद्धिम थी। वह राजमीत की गर्दन के निकट अपना सिर झुकाकर खड़ी हो गई—जब सालाना इम्तहान हुआ तो राजमीत को मुश्किल से पास होने के नम्बर मिले। पिछले छः महीनों में वह किताब खोलकर सत्ती का नाम ही पढ़ता रह गया, उस पुस्तक के अन्दर लिखा सारा हिसाब-किताब ही भूल गया। फलस्वरूप उसे किसी कालेज में दाखिला न मिला। निराश होकर वह बम्बई चला गया। कभी बिजली का काम सीखने की कोशिश की, कभी रेडियो का। आखिर आर्ट-स्कूल में भरती होकर वह वास्तुकला सीखने लगा। राजमीत के कला से भरपूर रास्तों पर सत्ती के वादोंभरे पत्रों का इतना असर हुआ कि राजमीत जब अपने आगे कागज़ रखकर पेंसिल से इमारत का नक्शा बनाता तो उसे यों लगता जैसे वह किसी स्वप्न में देखे मकान का नक्शा बना रहा हो...ऐसा मकान ऐसा... घर जिसमें उसकी बैठक का दरवाज़ा सत्ती के कमरे में खुलता था, और फिर...

फिर वर्षों के बाद जब राजमीत मकान बनाने की कला प्राप्त करके बम्बई से वापस लौटा तो सत्ती के मां-बाप ने उस मकान की ज़मीन गिरवी रख छोड़ी थी। उन्होंने सत्ती की कहीं सगाई कर दी थी। सत्ती केवल यह कह सकी :

'राजे! मुझे माफ करना...मैं नहीं जानती थी कि मेरे होंठों को इकरार करने का कोई हक नहीं था...शायद हमारे देश में किसी भी लड़की को इकरार करने का हक प्राप्त नहीं होता।'

एकाएक राजमीत ने बड़े गुस्से से सब यादों के चेहरों की ओर देखा जैसे पूछना चाहता हो :

'अब तुम क्या करने आई हो? तुम भली भांति जानती हो कि अगर मैं अपना सारा ज़ोर लगाकर भी घर का नक्शा बनाना चाहूं तो नहीं बना सकता, क्योंकि मेरी बैठक का दरवाज़ा जिस औरत के कमरे में खुलता है वह सत्ती नहीं...'

डाक्टर दीवानचन्द आश्चर्य में डूबा बैठा था। राजमीत का मौन टूटने में ही नहीं आता था। डाक्टर उसको खुशामद तो कर सकता था, लेकिन उसके मौन का वह क्या करे! इतने में एक दासी आई। डा० दीवानचन्द को यों लगा जैसे वह दासी उसकी सहायता के लिए आकाश से उतर आई हो...आखिर वह किसी काम ही से तो आई होगी, वह राजमीत से कोई बात कहेगी तो उसका मौन टूट जाएगा।

"साहब! मेम साहब को तकलीफ बहुत बढ़ गई है।" दासी ने धीरे से कहा।

राजमीत को उसकी बात समझने में ज़रा समय लगा; लेकिन आखिर यह बात उसकी समझ में आ गई। वह जल्दी से उठ खड़ा हुआ और डा० दीवानचन्द से बोला, "क्षमा कीजिए, मझे डाक्टर को लेने जाना होगा ...रही वह नक्शेवाली बात, वह मेरे बस का रोग नहीं। आप किसी और आर्कीटेक्ट...'

डा० दीवानचन्द ने नक्शेवाली बात सुनी-अनसुनी कर दी और जल्दी से बोला :

"मिसेज़ राजमीत को कोई तकलीफ है क्या?...मैं भी डाक्टर हूं, अगर मेरी मदद की ज़रूरत हो तो..."

"शुक्रिया...लेकिन इस समय लेडी डाक्टर की ज़रूरत है।" यह कहता हुआ राजमीत बाहर के दरवाज़े की तरफ बढ़ा।

"आप बैठिए। मेरी बीवी अस्पताल की सबसे बड़ी डाक्टर है मैं

मिनटों में जाकर उसे ले आता हूं।"

डाक्टर दीवानचन्द के ये शब्द सुनकर राजमीत जाते-जाते रुक गया।

डाक्टर दीवानचन्द चला गया, लेकिन राजमीत को इस बात से बड़ी परेशानी हो रही थी कि जो यादें ज़बरदस्ती उसके कमरे में घुस आई थीं, वे जाने का नाम ही नहीं लेती थीं। राजमीत ने पहले क्रोधित होकर और फिर हाथ जोड़कर इन यादों को चले जाने के लिए कहा, मगर वे यादें न जाने मन में क्या ठानकर आई थीं...। उन्होंने न तो राजमीत के गुस्से की परवाह की और न उसकी खुशामद की—बल्कि वे बड़े ठंडे दिल से इधर-उधर टहलती हुई कमरे की चीज़ों को उलट-पलटकर आपस में बातें करती रहीं...राजमीत चुपका अपनी कुर्सी पर बैठा उनके मुंह की ओर देखता रहा। कुर्सिया, मेज़, पुस्तकें, तस्वीरें, अलमारियां, सब चीज़ें उन्होंने बड़े ध्यान से देखीं, उन्हें परखा और फिर राजमीत की मेज़ का बन्द खाना खोलकर एक रेशमी रूमाल में लिपटी हुई बड़ी पुरानी और मैली-सी पुस्तक निकाली...सब यादें उस पुस्तक पर मंडराने लगीं।

'यह तो गणित की पुस्तक है। तू इतना बड़ा वास्तुकार है, तूने इस फटी-पुरानी पुस्तक को रेशमी रूमाल में लपेटकर क्यों संभाल रखा है?' एक याद ने पूछा और खिलखिलाकर हंस पड़ी।

'धुत...इसका पहला पृष्ठ तो देख...फिर देख, क्या लिखा हुआ है इसपर?' दूसरी याद ने कहा और फिर सब यादें उस पुस्तक को देखने के लिए एक-दूसरे से छीना-झपटी करने लगीं।

'सत्ती—राजमीत।' एक याद ने ऊंचे स्वर में पढ़ा।

राजमीत की आंखें भर आईं। उसे यों लगा जैसे उसका जीवन भी गणित की एक किताब है। सत्ती के प्रेम ने उसपर न जाने किस अन्दाज़ से अपना नाम लिखा है कि वह उसका नाम ही पढ़ता रह गया और उसे जीवन का बाकी सारा हिसाब-किताब भूल गया।

दासी ने आकर राजमीत को बताया :

“लेडी डाक्टर आ गई हैं, साथ ही एक नर्स भी है...मैं उन्हें सीधे मेम साहब के कमरे में ले गई, उन्होंने आपको कहला भेजा है कि फिक्र की कोई बात नहीं।”

राजमीत ने चुपचाप सिर हिला दिया और दासी कमरे के बाहर चली गई।

अब राजमीत ने सत्ती की सब यादों को आज्ञा देते हुए कहा कि वे पुस्तक को पहले की तरह बन्द करके मेज़ के खाने में रख दें, खाने को पहली तरह चाबी से बन्द कर दें और तुरन्त वहां से चलती बनें।

यादें मुस्करा दी जैसे कह रही हों कि हमपर न कभी मनुष्य का आदेश चला है और न कभी चलेगा।

राजमीत ने हार मानकर अपनी आंखें मूंद लीं और हाथ से माथे को यों मलने लगा जैसे वे यादें केवल पसीने की बूदें हों। लेकिन फिर राजमीत को रोने की सी हंसी आ गई—ये यादें तो माथे की रेखाएं हैं, इन्हें कौन-सा हाथ मिटा सकता है?

आसपास खड़ी सब यादों को देखकर राजमीत को न जाने क्या सूझी, वह एक कागज़ लेकर घर का नक्शा बनाने लगा।

दासी के सीने में सांस नहीं समा रही थी, वह कमरे में यों आई जैसे बहुत दूर से भागी चली आ रही हो।

“साहब!—छोटा साहब...” दासी के पीछे-पीछे लेडी डाक्टर थी। दासी ने दरवाज़े के पर्दे को हाथ से एक ओर किया और लेडी डाक्टर ने दूध के से सफेद कपड़े में लिपटे हुए बच्चे को आगे बढ़ाते हुए कहा :

“मुबारक!...”

...लेडी डाक्टर की फूल की सी मुस्कान देखते ही देखते कांटा बन गई—और यह कांटा शब्द ‘मुबारक’ के पांव में चुभ गया।

डाक्टर सत्ती ने सारे जीवन की प्यास अपनी आंखों में भरकर राजमीत की ओर देखा। सत्ती की ज़बान नहीं लेकिन उसका एक आंसू

ऊंचे स्वर में कह रहा था :

'राजे! देख, मेरे हाथों में वह बच्चा है जिस बच्चे की मां मुझे बनना था, लेकिन आज मैं इस बच्चे की केवल दाई हूं....'

राजमीत ने हाथ में पकड़े कागज़ को सत्ती की ओर बढाया, उसकी भी ज़बान नहीं बल्कि उसका एक आंसू ऊंचे स्वर में कह रहा था :

'अय सत्ती! देख, मेरे हाथ में उस घर का नक्शा है जिस घर का मुझे मालिक बनना था, लेकिन आज मैं उसी घर का केवल एक नक्शा-नवीस हूं...'

अमाकड़ी

किशोर के होंठ जवानी के रोष और बेबसी के गर्म पानियों में उबल रहे थे। और इन होंठों से जब उसने अपनी विवाह की पहली रात में अपनी बीवी के जिस्म को छुआ, उसे लगा कि वह एक कच्चा शलजम खा रहा था।

किशोर के बाप ने आज सारी हवेली का मुंह-माथा बिजली की रोशनी से संवारा हुआ था, पर किशोर के सोने के कमरे को आज सारी हवेली से विशिष्ट रूप देने के लिए किशोर की बहनों ने और किशोर की भाभियों ने, जिनमें उसके दोस्तों की बीवियां भी शामिल थीं, और जिनके साथ उसके दोस्त भी मिले हए थे, मोमबत्तियों की रोशनी चुनी थी।

किशोर ने मोमबत्तियों की रोशनी में अपनी बीवी के मुंह की ओर देखा। उसकी बीवी के गोरे-गोरे मुख पर एक मुस्कान थी। फिर किशोर ने मोमबत्तियों की ओर देखा, मोमबत्तियों के गालों पर पिघलती मोम के आंसू बह रहे थे। और किशोर के दिल में इच्छा जगी कि वह अपनी सारी की सारी बीवी को झकझोरकर कहे कि वह देख, इन मोमबत्तियों के सारे आंसू तुम्हारी एक मुस्कान का मूल्य चुका रहे हैं।

किशोर ने अपनी ज़बान दांतों के नीचे दबा ली। उसे लगा कि अभी उसकी बीवी खिलखिलाकर हंस उठेगी और कहेगो, 'आज इस हवेली

की बैठक को तो देखो। अगर एक कोने में रेडियोग्राम पड़ा है तो दूसरे कोने में रेफरीजरेटर रखा है। तीसरे कोने में कपड़ों से भरे-पूरे ट्रंक पड़े हैं और चौथा कोना पलंगों और अलमारियों से भरा है। और हवेली के दरवाज़े पर खड़ी मोटर...ये सब चीज़ें तुम्हारे दिल का मूल्य चुका रही हैं।'

किशोर ने एक-एक कर सारी मोमबत्तियां बुझा दीं, जैसे हाथ से उनके आंसू पोंछ लिए हों। और फिर उसे लगा कि इस अंधेरे ने अपने रूमाल से उसकी बीवी की मुस्कान को ढक दिया था।

काफी देर बाद जब किशोर को यह लगा कि घर के सारे लोग उसकी बीवी की तरह सो गए थे, वह धीरे-धीरे अपने बिस्तर से उठा और हलके-से कमरे का दरवाज़ा खोलते हुए हवेली के बगीचे में निकल गया।

हवेली का माथा बिजली की बत्तियों में चमक रहा था। बड़े मालिक के हुक्म के मुताबिक यह रोशनी पूरी रात इसी तरह रहनी थी। किशोर ध्यानपूर्वक हथेली को देखने लगा और फिर देखते-देखते उसे अमाकड़ी के गले में पहनी हुई कुड़ती याद हो आई। काले सूप की छोटी-सी कुड़ती जो सीप के सफेद बटनों से मढ़ी हुई थी।

किशोर को अपनी ननिहाल याद आई। अपने ननिहाल-गांव का अजरा जाट याद आया। और इस अजरे जाट की बेटी अमाकड़ी याद आई।

किशोर जब कालेज में पढ़ता था, एक बार अपनी मां के कहने पर गर्मी की छुट्टियों में अपनी ननिहाल चला गया था और फिर पूरे तीन सालों के लिए उसने सारी की सारी छुट्टियां अपने ननिहालगांव के लेखे लगा दी थीं।

'अमाकड़ी...यह भला तुम्हारे मां-बाप ने तुम्हारा क्या नाम रखा है?' किशोर ने उससे पूछा था।

हमारे गांव में आम बहुत होते हैं। लोग उन्हें चसते भी हैं, उनका

अचार भी डालते हैं, मुरब्बा भी डालते हैं, उनकी चटनी भी बनाते हैं और उनकी फांकें सुखाकर मर्तबान भर लेते हैं।...मेरी मां ने मुझे भी आम की एक फांक समझ लिया और मेरा नाम अमाकड़ी रख दिया।' उस तीखी, पतली और सांवली लड़की ने बड़े भोलेपन से किशोर को जवाब दिया था।

पहले साल की पूरी छुट्टियां तो हंसी-खेल में बीत गई थीं, सिर्फ इतना फर्क पड़ा था कि शहर से गांव जाते समय किशोर ने मां को जो बात कही थी, 'मैं तुम्हारी बात नहीं टालता, पर यह मैं अभी बताए देता हूं कि मुझसे गांव में अधिक दिन नहीं रहा जाएगा। पांच-सात दिन रहूंगा और फिर बाकी की छुट्टियां बिताने के लिए मैं किसी दोस्त के पास चला जाऊंगा।' वह बात किशोर को याद न रही थी।

गांव में बहुत-से आम के बाग थे। एक बाग अमाकड़ी का भी था। किशोर सारा दिन आम के उस बाग में बैठा रहता था। यहीं बैठकर पढ़ता था और दोपहर को आमों की छाया में चारपाई डालकर वहीं सो रहता था। दोपहर को चलती लू में चाहे ज़मीन गर्म हो जाती थी, पर घड़ों का पानी ठण्डा हो जाता था।अमाकड़ी ने उसके लिए अपने बाग में एक कोरा घड़ा ला रखा था, जिसपर उसने 'चप्पनी' के स्थान पर कांसे का एक चमकता कटोरा औंधा धरा हुआ था।

न मालूम दोपहर की लू के कारण, या कोरे घड़े की सुगन्ध के कारण, या कांसे के चमकते कटोरे के कारण, किशोर को बार-बार प्यास लग आती थी। और जब वह आमों की रखवाली करती बैठी हुई अमाकड़ी को पानी पिलाने के लिए कहता था, तो अमाकड़ी हर बार उसे कहती थी, 'किशोर बाबू, तुम्हें हर समय प्यास ही लगी रहती है?' और अमाकड़ी की हंसी उसके हाथ में पहनी हुई चूड़ियों की तरह खनक उठती थी।

किशोर को पूरी की पूरी अमाकड़ी आम की एक टहनी जैसी लगती थी। अमाकड़ी अपने गले में कच्चे हरे रंग की कमीज़ पहनती थी, जो

किशोर को टहनी के हरे पत्तों जैसी लगती थी। और जिस दिन वह अपनी कमीज़ बदल आता थी, किशोर उसे उस कमीज़ की याद दिला दिया करता था और फिर अगले दिन अमाकड़ी उसी कमीज़ को धो-सुखाकर पहन आती थी।

बस, इस तरह पहले साल की छुट्टियां हंसी-खेल में ही बीत गई थीं। किशोर शहर लौट आया था। और शायद कोई नन्ही-सी, कोयल-सी अमाकड़ी का आकर्षण भी अपने साथ ले आया था, जिसे उसने सिर्फ उस समय महसूस किया जब अगले साल गर्मी की छुट्टियां हुईं और किशोर फिर ननिहाल चला गया था।

इस बार जब उसने गांव जाकर अमाकड़ी को देखा, उसे लगा कि पिछले साल जो तीखी-सी, पतली-सी और सांवली-सी अमाकड़ी आम की टहनी-सी लगती थी, इस बार वह पूरा आम का पौधा बन गई थी। घने पत्तों जैसे बाल अमाकड़ी के माथे पर गिर रहे थे। और इस बार उसकी आंखें बिलकुल ऐसी थीं जैसे किसीने आम की फांके काटकर उसके मुख पर रख दी हों।

किशोर अमाकड़ी के मुख की ओर देखता रह गया था और किशोर को उस समय होश आया जब अमाकड़ी ने घबराकर अपने दोनों हाथों से अपनी आंखें ढक ली थीं, आम की फांकें ढक ली थीं, और फिर जल्दी से आमों के बाग से भाग गई थी।

वैसे दूसरे दिन किशोर ने देखा था कि पेड़ों की छाया में उसके लिए एक नई खाट डाली हुई थी और खाट के पाये के पास पानी से भरा हुआ एक कोरा घड़ा रखा हुआ था। और उस दिन दोपहर को अमाकड़ी जब अपने बाग में आई थी तो उसके शरीर पर कच्चे हरे रंग की कमीज़ थी और उसके हाथों में उसी रंग की कांच की चूड़ियां थीं।

इन छुट्टियों में अमाकड़ी के लिए किशोर की भूख जगी थी और फिर यह भूख उसकी आंतों में सुलगने लगी थी। इसी भूख के हाथों

छटपटाकर एक दिन किशोर ने अमाकड़ी की बांह पकड़ ली थी, पर अमाकड़ी ने बांह छुड़ाकर कहा था, 'किशोर बाबू! आम की इस फांक को खाकर तुम्हारा क्या संवरेगा? आज तुम इसे चखोगे और दूसरे दिन एक छिलके की तरह फेंक जाओगे।' अमाकड़ी ने अपना मुंह परे कर लिया था और किशोर का मुंह भूख से तड़पता रह गया था।

ये छुट्टियां हंसी-खेल में नहीं बीती थीं, बल्कि आंसुओं की तैयारी में बीती थीं। इस बार किशोर जब शहर लौटा था, कुछ आहें वह अपने साथ ले आया था, और कुछ आहें वह अमाकड़ी को दे आया था।

और फिर वह अगले साल की गर्मियों का इन्तज़ार न कर पाया था। सर्दी की छुट्टियां चाहे थोड़ी थीं, पर वह कांपते पैरों से अपनी ननिहाल पहुंच गया था और अपनी जेब में वह दुनिया के सारे इकरार भरकर ले गया था। और इस बार अमाकड़ी ने उसके लिए अपने मन की फांक चीरकर अपने तन की थाली में परस दी थी।

और फिर अगले साल जब गर्मी की छुट्टियों में वह अपनी ननिहाल गया था, तो उसने अमाकड़ी को, आम की फांक को, अपनी दोनों आंखों से चूसकर कहा था :

'आज तुम्हारे धुंघराले बाल मुझे शहद के छत्ते-से दिखाई देते हैं, और तुम्हारे होंठ कोरा शहद!'

'और मेरी आंखें? ये शहद की मक्खियां नहीं लगतीं तुम्हें? छत्ते को संभलकर हाथ डालना।'

अमाकड़ी ने उत्तर दिया था और किशोर को सचमुच लगा कि जैसे ये आंखें शहद की मक्खियों की तरह उसके दिल को डंक मार गई हों, और अब उसके दिल पर एक सूजन-सी चढ़ी जा रही थी।

आम की फांक को शहद का छत्ता बने अभी थोड़े ही दिन हुए थे, जब किशोर ने एक दिन उसके ताज़े-धुले बालों को संघकर उससे कहा था :

'शराब मैंने कभी पी नहीं, पर तुम्हें देखते ही मेरे होश-हवास खो जाते हैं।"

और इस तरह अमाकड़ी का रूप इस तरह हो गया था जैसे वह आमों के रस को, शहद की बूंदों को और शराब के घंटों को मिलाकर पी गया हो।

उस बार किशोर जब अमाकड़ी से बिछुड़ने लगा था, अमाकड़ी की बांहें उसके बदन से छूटते समय ऐंठ गई थीं। और बावरी हुई अमाकड़ी ने किशोर की बांहों पर जगह-जगह अपने दांत गाड़कर लाल निशान उघाड़ दिए थे और कहा था, 'ये अनार के फूल जितने दिन तुम्हारी बांहों पर खिले रहेंगे, मुझे उतने दिन तो याद करोगे।'

'मेरी जंगली बिल्ली, मेरी हलकाई बिल्ली—' और किशोर ने अपनी बांहों पर उभरे हुए लाल फूलों को चूमकर एक आम की फांक का, एक शहद के छत्ते का, और एक शराब की सुराही का एक नया रंग देखा था।

उन गर्मियों में बरसात कुछ जल्दी आ गई थी और उस दिन अमाकड़ी ने शाम की हलकी सर्दी में अपने गले में काले सूप की वह कुड़ती पहनी हुई थी जिसकी सारी छाती सीप के सफेद बटनों से मढ़ी हुई थी।

अमाकड़ी के कानों में चांदी की बालियां थीं, और हाथों में कांच की चूड़ियां थीं। बस, यही मुट्ठी-भर बटनों का, तोला-भर चांदी का और थोड़े से कांच का श्रृंगार करके अमाकड़ी खड़ी हुई थी। उस दिन किशोर को पहली बार एक अल्हड़ गंवारिन लड़की के श्रृंगार का और पढ़ी-लिखी शहरी लड़कियों के श्रृंगार का फर्क समझ में आया। उस दिन से लेकर किशोर को अपने शहर की और अपने कालेज की सभी लड़कियां उन हैंगरों की सी दिखाई देने लगी थीं जिनपर कोई तरह-तरह के फैशनों के कपड़े सीकर टांग देता है।

फिर किशोर के मन की यह खुशबू और अमाकड़ी के मन की यह खुशबू गांव से उड़ती-उड़ती शहर में आ पहुंची थी, और जब किशोर के

बाप को इस बात का पता लगा था, तो उसने किशोर की मां को पास बिठाकर कहा था, 'एक बार अगर कोई मुहब्बत के कुएं में गिर पड़े तो फिर वह किसीसे नहीं निकाला जाता। यं ही बेटे को न गंवा लेना! जल्दी से विवाह का रस्सा डाल दे और इसे कुएं से निकाल ले।'

यह नहीं था कि किशोर ने हाथ-पांव नहीं मारे थे, पर उसके मां-बाप की ज़िद एक तैराक की तरह हाथ में शादी का रस्सा लेकर इस कुएं में उतर पड़ी थी और किशोर को कस-बांधकर इस कुएं में से निकाल लाई थी।

आज विवाह की पहली रात थी और किशोर अमाकड़ी को इस तरह याद कर रहा था जैसे कुएं की जगत पर खड़ा होकर कुएं में झांक रहा हो। अब उसे मालूम था कि अगर वह चाहे भी तो पुनः उस कुएं में नहीं गिर सकता था, क्योंकि अब उसकी गर्दन में उसके विवाह का रस्सा बंधा हुआ था। पर फिर भी अभी वह कुएं की जगत से नहीं उतर पा रहा था। शायद इस कुएं का जो पानी उसने पिया था, वह पानी उसकी नाड़ियों में अपना हक मांग रहा था।

रात शायद खत्म होने पर आई थी। हवेली की बत्तियां एक-एक कर बुझने लगी थीं। और किशोर को लगा कि अमाकड़ी के गले में पहनी हुई कुड़ती से कोई सीप के बटनों को एक-एक करके नोच रहा था।

प्रातःकाल जब किशोर की बहनों और भाभियों ने रात के जगने से किशोर की लाल हई आंखें देखीं, तो वे हंसी से दुहरी होती किशोर को छेड़ने लगीं, "अपनी ही दुल्हन थी, कहीं भाग तो नहीं चली थी। इतनी क्या पड़ी थी सारी रात जगने की!" तो किशोर ने मंह नहीं खोला था। पर फिर जब किशोर की बहनों ने दहेज़ में आए हुए रेफरीजरेटर को बड़े चाव से खोलते हुए किशोर से पूछा था, "आज वीरजी, इसमें कौन-कौनसी चीजें रखें?" तो किशोर का भिंचा हुमा मुंह खुल गया, "इसमें शलजम रख दो।" किशोर ने कहा और एक ओर चला गया।

कितने ही दिन बीत गए। आमों का मौसम आया। घर के सब लोगों ने आमों को दिल भरकर फ्रिज में ठण्डा किया, पर किशोर ने आमों को मुंह तक न लगाया। सुबह की चाय के समय अगर मेज़ पर शहद पड़ा होता, किशोर बिना चाय पिए कमरे से चला जाता। किशोर के दोस्त आते, फ्रिज में शराब की बोतलें रखते, पर किशोर ने कभी कसम खाने को भी एक घूंट न भरा—और जब एक बार उसकी बहन खीझ उठी, उसकी भाभियां गुस्से हो गईं, और उसके दोस्त उसपर बरस पड़े, तो सिर्फ एक बार किशोर के मुंह से निकला, "तुम मुझे और कोई चीज़ न दिया करो खाने के लिए, बस शलजम दे दिया करो, शलजम। मैं सिर्फ शलजम खाने के लिए जन्मा हूं।"

फिर गर्मियां आ गई। किशोर के ससुरालवालों ने किशोर का और उसकी बीवी का कमरा एयर-कंडीशण्ड करवा दिया। उन्होंने कहा था कि हमारी गुल्लो को गर्म कमरे में रहने की आदत नहीं।

किशोर जब कारखाने से उठकर, दोपहर का खाना खाने के लिए घर आता, तो रोज़ उसकी बीवी उसे ठण्डे कमरे में थोड़ा आराम करने को कहती। किशोर ने अपने मन में धार लिया था कि वह एक मर्द नहीं, एक बैल है। वह सारी उम्र चुप रहकर शलजम चरता रहेगा और आंखों पर पट्टी बांधकर उसी जगह पर घूमता रहेगा, जहां उसकी बीवी उसे धुमाएगी। इसलिए किशोर ने कभी अपनी बीवी का कहा नहीं टाला था।

फिर कुछ दिन के बाद किशोर को लगा कि उसके सारे अंग सोते जा रहे हैं। वह घड़ी-पल के लिए आराम को लेटता तो सारा दिन पलंग पर पड़ा रहता। अब उसे अमाकड़ी भी याद नहीं आती थी। उसका लहू ठंडा होता जा रहा था। उसके ख्याल सुन्न होते जा रहे थे। वह बर्फ का एक टुकड़ा बनता जाता था।

किशोर की सेहत की सबको चिन्ता हुई। एक डाक्टर आता तो एक जाता। बड़ी गर्म दवाइयां किशोर के गले से उतरतीं, वे भी गले से नीचे

उतरते-उतरते बर्फ की गोलियां बन जाती थीं।

फिर एक घटना घट गई। किशोर की ननिहाल से खत आया कि किशोर को शायद गांव की खुली हवा माफिक आ जाए, और उसकी ननिहालवालों ने उसे बुला भेजा। किशोर ने खत पढ़ा, पर उसके सुन्न अंगों में कोई हरकत न हुई। हां, उस रात किशोर को एक सपना अवश्य आया। सपने में उसकी खाट आम के पेड़ों के नीचे डाली हुई थी। खाट के पाये के पास एक कोरा घड़ा रखा हुआ था। घड़े पर कांसे का कटोरा औंधा पड़ा था, और अमाकड़ी जब कटोरे में पानी डालकर किशोर को देने लगी, कटोरा उसके हाथ से गिर गया और अमाकड़ी एक कोयल बनकर उसके पास से उड़ गई।

कोयल की कूकों से किशोर की आंख खुल गई। अपने बर्फ-से ठंडे हाथों से जब किशोर ने अपने मुख को टटोला तो गर्म आंसू उसकी आंखों से बह रहे थे।

किशोर घबराकर पलंग पर उठ बैठा, और उसे ख्याल आया कि अगर वह इसी घड़ी, इसी पल इस कमरे से न निकला तो मुश्किल से पिघले हुए ये आंसू उसकी हड्डियों की तरह, उसके घुटनों की तरह, और उसके खयालों की तरह जम जाएंगे।........और फिर वह स्टेशन की ओर चल पड़ा। उस ओर चल पड़ा, जिस ओर से कोयल की कूक आ रही थी।

दूसरे दिन दोपहर के समय किशोर जब आमों के बाग में पहुंचा, सचमुच ही उस जगह पर एक खाट डाली हुई थी, जो जगह पूरे तीन साल से उसके लिए सुरक्षित रही थी। किशोर के पैर ठिठक गए। 'जाने आज मेरी जगह इस खाट पर कौन लेटा हुआ है!'

और फिर खाट पर जो कोई लेटा हुआ था, उसने करवट बदली और किशोर के कानों में चूड़ियां खनक उठीं। किशोर ने आगे बढ़कर अमाकड़ी के पांवों को छुआ और जब अमाकड़ी ने चौंककर अपने पैर परे किए तो किशोर ने देखा कि अमाकड़ी अब आम की फांक नहीं थी,

आम का छिलका थी। अमाकड़ी अब शहद का छत्ता नहीं थी, शहद की मक्खी थी। और अमाकड़ी अब शराब की सुराही नहीं थी, सुराही का ठीकरा थी।

"किशोर बाबू..."अमाकड़ी ने कोयल की कूक की तरह कहा।

किशोर ने घुटनों के बल बैठ अपना सिर खाट पर रख दिया।

"अब तू यहां किसलिए आया?" अमाकड़ी ने बिलखकर पूछा।

"ठंडी यख दुनिया में मैं जम गया हूं। मैं गर्म लू की तलाश में आया हूं..." किशोर ने खाट से सिर उठाकर कहा और फिर अमाकड़ी के हाथ को अपने कांपते हाथ में लेकर कहने लगा, "आखिर मैं एक इन्सान हूं।"

"एक इन्सान, एक मर्द!" अमाकड़ी ने धीरे से कहा।

"एक इन्सान, एक मर्द!" किशोर ने अमाकड़ी के शब्दों को दुहराया।

"जो मुहब्बत के आसन से उठकर विवाह की वेदी पर जा बैठे, वह इन्सान होता है? वह मर्द होता है?" और अमाकड़ी ने किशोर की बांह पर एक जानवर की तरह झपटकर अपने सारे दांत गाड़ दिए।

किशोर अपनी बांह पर उभरे खून के फूल को देखने लगा और थकी हुई, टूटी हुई अमाकड़ी तकिये पर सिर रखकर कहने लगी, "यह अनार का फूल नहीं, यह ज़हर का फूल है। तू मुझे जंगली बिल्ली कहा करता था न, हलकाई बिल्ली....."

"मुझे सचमुच तुम्हारे हलकाए होंठों का ज़हर चढ़ गया है—अमाकड़ी। इस दुनिया में मेरी कोई दवा नहीं।" किशोर ने तड़पकर कहा।

"कोई हलका हुआ जानवर काट जाए तो तुम्हें मालूम है कि चौदह टीके लगवाते हैं। अभी तो तुमने एक ही टीका लगवाया है। अभी तो तुमने एक ही विवाह किया है। कम से कम चौदह तो कर ले..."

और अमाकड़ी की आंखें बौरा गई।

रोशनी का उच्छ्वास

वह एक कब्र के पास खड़ा था।

रात की रोशनी उससे बातें करने लगी।

"यहां कब्र के सामने खड़े होकर मुझसे बात नहीं होती।" आदमी ने कहा।

"यह किसकी कब्र है?" रात की रोशनी ने उड़कर देखा। और फिर कहने लगी, "इसपर किसीका नाम नहीं लिखा हुआ।"

"यह मेरी मुहब्बत की कब्र है।"

रोशनी मुस्कराई और कहने लगी, "तो लाओ, इसपर मैं तुम्हारी मुहब्बत का नाम लिख दूं।"

"नहीं, नहीं," आदमी के हाथ कांपे, "अब इस लाश के शरीर पर कुछ न लिखना।"

"कभी यह शरीर जीवित था..."

आदमी चौंका, जैसे अभी तक उसके शरीर से किसीके शरीर का स्पर्श मिटा नहीं था।

वायु का एक झोंका आया और उस आदमी की कमीज़ कांटों की झाड़ी में फंस गई। काफी देर के बाद जब उसने कमीज़ को छुड़ाया तो वह कई स्थानों से फट गई थी।

"ये कांटे बहुत बुरे हैं।"

"पहले ये फूल थे, और मैंने अपनी प्रेमिका के बालों में टांके थे... ।"

"इस कब्र के पास खड़े-खड़े तुम पागल हो जाओगे। आओ, यहां से चलें।"

"चलो।"

"यह हम कहां आ गए हैं? चारों तरफ कब्रें ही कब्रें हैं... ।"

आदमी ने सिर झुका लिया।

"बोलते क्यों नहीं?"

"यह मेरे इकरारों की कब्रें हैं... ।"

रोशनी ने आदमी के चेहरे की तरफ देखा।

"मेरा इकरार था एक स्त्री के साथ कि मैं कभी उसका हाथ नहीं छोड़ूंगा...मेरा इकरार था कि मैं उसके लिए घर बनाऊंगा...मेरा इकरार था कि मैं उसके लिए रोटी कमाऊंगा...मेरा इकरार था..."

"फिर?"

"वह मेरी वृक्ष की सी मर्दानगी के गले से एक कोमल बेल की तरह लगी हुई थी।"

"और फिर वह बेल किसीने तोड़ दी?"

"वृक्ष और पुरुष में एक अन्तर होता है, वृक्ष अपने गले से लगी हुई बेल को स्वयं नहीं तोड़ता, पर पुरुष अपने गले में पड़ी हुई बांहों को स्वयं हटा देता है।"

"एक बेल जब टूट जाए तो वृक्ष दूसरी बेल को गले से लगा लेता है... ।"

"पुरुष भी दूसरी स्त्री की बांहें अपने गले में डाल लेता है...दूसरी स्त्री की...तीसरी स्त्री की...चौथी स्त्री की... ।"

"वृक्ष की टहनियां साबत रहती हैं।"

"पुरुष की बांहें भी साबित रहती हैं, पर वृक्ष और पुरुष में एक और अन्तर होता है..." आदमी ने एक आह भरी और कहा, "कभी-कभी

ऐसे लगता है जैसे मेरे अन्दर...कहीं गहराई में एक ज़ख्म हो गया है।"

रात की रोशनी मुस्कराई।

"सब कुछ मर गया, मेरी मुहब्बत मर गई, मेरे इकरार मर गए, मेरी याद क्यों नहीं मरी?...काश, इन कब्रों में उसकी भी एक कब्र बन जाए!"

"तुम्हारा एक बच्चा था?"

"बच्चा मर गया, पर उसके कपड़े जीवित हैं...कभी-कभी मुझे ऐसे लगता है, जो छोटा-सा ट्रंक मैंने अपने घर से बाहर फेंक दिया था, वह पालना बन गया है, और उसमें पड़े हुए छोटे-छोटे कपड़े टांगें चलाने लग गए हैं...और फिर वे मेरी ओर बांहें उठा रहे हैं...और फिर वे मेरे साथ तोतली बातें करने लगे हैं...और फिर वे पालने में से निकलकर मेरे कमरे में घुटनों के बल चलने लगे...हैं...और फिर फिर वे छोटे-छोटे कपड़े अपने हाथों में बस्ता पकड़कर स्कूल जाने लगे हैं।"

रात की रोशनी ने एक उच्छ्वास लिया और धीमे से पूछा, "और उस बच्चे की मां कहां है?"

"वह जीवित है, पर मेरे इकरार मर गए हैं। इसलिए मुझे नहीं पता वह कहां है...कभी-कभी मुझे लगता है, वह प्रत्येक स्त्री के चेहरे पर जीवित है।"

"और अब ज़ब तुम किसी और स्त्री का मुंह देखते हो तो...?"

"मैं स्त्री के शरीर की तरफ देखता हूं, स्त्री के मुख की तरफ नहीं देखता..." आदमी ने अपनी आंखें बन्द कर लीं और घबराकर कहा, "यह रात की रोशनी बहुत भयानक है...आदमी को अपने मन में बनी हुई कब्रें दिखने लग जाती हैं...उसके तन की कमीज़ कांटों में फंस जाती है और घर से फेंके हुए छोटे-छोटे कपड़े बच्चों की तरह खेलने लग जाते हैं...काश अंधेरा हो जाए! दिन का अंधेरा! और किसीको कुछ न दिखाई दे! मुझे भी कुछ न दिखाई दे...!"

फिर रात को रोशनी ढल गई। सारे आकाश पर दिन का गहन अंधकार छा गया। दिन के गहन अंधकार में उस आदमी ने अपने चारों तरफ देखा और सन्तोष का सांस लिया।

मैं सब जानता हूं

"देखो न इस बेलदार को—पंखे की तरह झूलता चला आता है..." ठेकेदार जैलसिंह ने तारासिंह मिस्त्री की ओर मुंह घुमाकर कहा और फिर अपनी आवाज़ को बालिश्त-भर ऊपर उठाकर बेलदार से कहने लगा, "ठीक से पकड़ तसले को और पांव उठा...तसले के सिर को कहीं पीड़ा तो नहीं होती..." और फिर ठेकेदार जैलसिंह अपनी आवाज़ को बालिश्त-भर ऊपर उठाकर एक बेलदार से नहीं, सब बेलदारों से कहने लगा, "ढाई रुपये रोज़ के लिए मुंह उठाए बैठे हैं...पांच बजने नहीं देते... मैं सब जानता हूं... ।"

"वो कुली औरतें कहां मर गईं? मैंने उन्हें ईंट लाने के लिए कहा था..." तारासिंह मिस्त्री मुंडेर से नीचे झांकते हुए बोला और देखा कि दोनों मज़दूर औरतें सिर पर के तसलों में से मलबे को फेंककर अभी मलबे के पास ही खड़ी हैं।

"ओ छोकरी!" तारासिंह ने धमकाया।

दोनों मजदूर औरतें हाथों में खाली तसलों को पकड़े जब सीढ़ियां चढ़कर ऊपर आईं तो आते ही तारासिंह मिस्त्री के पीछे पड़ गईं, "हमें छोकरी बुलाए है?...देख तो ज़रा अपनी सकल को..."

"क्या हो गया मेरी शक्ल को...तुमसे तो अच्छी है...नहीं तो शीशा लाकर देख ले..."

"देखा बड़ा सकलबाला—हमको छोकरी क्यों बुलाए है?"

"छोकरी कोई गाली तो नहीं होती।"

"इत्ती-सी लड़की को छोकरी कहते हैं...तू हमको छोकरी बुलाए है?"

मिस्त्री ने समझा था कि मज़दूर औरतों को छोकरी शब्द का पता नहीं था, उन्होंने इसे गाली समझ लिया था, इसीलिए लड़ रही थीं, पर जब उसने सुना कि उन्हें छोकरी शब्द का पता था, और वे इसलिए नहीं लड़ रहीं थीं कि यह कोई गाली थी, बल्कि इसलिए चिढ़ी हुई थीं कि मिस्त्री ने उन्हें छोटी बच्चियां समझ रखा था, जवान औरतें क्यों नहीं समझा था...इसलिए मिस्त्री हंसने लगा।

"फूलमती है मेरा नाम और इसका सोनमती..." एक ने दूसरी की ओर देखा और फिर दोनों हंसने लगीं।

"फूलमती क्या, तुम कहो तो मैं फूलारानी बुला लिया करूं तुम्हें ...मगर ईंटें तो ला दे..."

"क्यों लाऊं जी ईंटें? पहले मलबा उठाने को क्यों कहा था? सुबह से हम मलबा उठा रही हैं। अब तो मलबा ही उठाएंगी। ईंटें मंगवानी थीं तो सुबह ही ईंटों पर लगा देते..."

"मेरी मर्जी है, मैं मलबा उठवाऊं...मेरी मर्ज़ी है, मैं ईंटें मंगवाऊं..."

"हाय-हाय मर्जी तो देख इसकी..."

"हां-हां, देख मेरी मर्ज़ी, मैं अभी ठेकेदार से कहता हूं..."

"देखो मिस्त्रीजी...सिकायतों से काम नहीं होगा...मैं बताए देती हूं..."

"तू काम नहीं करेगी तो मैं शिकायत करूंगा..."

"काम से थोड़े ही भागती हूं...तुम बात ही ऐसी करते हो..."

"क्या बात की है मैंने?"

"काम लेना हो तो सुबह आते ही अपने-अपने बेलदार बांट लिया करो...आज तूने कलुया को कहा था ईंटें लाने के लिए...अब कलुया से मंगा लो..."

"कलुया रोड़ी बनाने के लिए गया है।"

"रोड़ी तो सिरमिटवाला बनाएगा...रोड़ी बनाना तो उसीका काम है..."

इतनी देर में ठेकेदार सीमेंट की बोरियां निकलवाकर फिर छत पर आ गया था। आते ही तारासिंह को दबाकर बोला, "तू इनसे कहां उलझ बैठा...निरी कांय-कांय...मैं सब जानता हूं..."

"मेरे पास ईंटें कम थीं—मैंने इन्हें कहा कि दो-एक फेरे लगा दो ...इतने में कलुया आ जाएगा...काम चालू रहे, इसलिए मैंने कहा था..."

"देखो ठेकेदारजी! यह मिस्त्री हमको छोकरी बुलाता है..." फूलमती ने बीच में कहा।

"ये कैंचियां कहां से पकड़ लाए तारासिंह। बागड़िनियों का कोई मुकाबला नहीं। काम भी दुगुना करती हैं और ज़बान भी नहीं हिलाती..."

ठेकेदार ने मिस्त्री से ध्यान हटाकर दोनों कूली औरतों की तरफ घूरकर देखा, और उसने अभी पिछले आठ दिनों से जो बात नहीं देखी थी, वह भी देखी कि उन दोनों में से जो फूलमती थी, उसके पेट में कोई छः महीने का बच्चा था। वह शायद घड़ी-पल सांस लेने के लिए ही लड़ाई छेड़ बैठी थी।...और ठेकेदार की आंखें और कड़वी हो गईं। "मैं सब जानता हूं..." ठेकेदार ने कहा।

"क्या जानत हो ठेकेदारजी?" फूलमती ने चमककर पूछा।

"चल-चल, काम कर तू...काम तुमसे होता नहीं...बातें करती हो।" ठेकेदार ने फिर फूलमती के पेट की ओर देखा।

"क्या देखते हो ठेकेदारजी?" फूलमती ने सिर के पल्लू को मुंह की ओर खींचा और हंसने लगी।

"तुम्हारा मर्द कहां है? कमाता कुछ नहीं मुर्दुआ?" ठेकेदार ने कुछ रहम से और कुछ क्रोध से पूछा।

"मेरा मर्द? वह तो मर गया। अब काम नहीं करूंगी तो खाऊंगी

क्या?"

"तुमसे यह काम नहीं होने का, न ईंटें ढोने का, न मलबा उठाने का...."

"जानत हूं ठेकेदारजी। पर का करूं...खेत में काम करती थी मैं, गोभी का अब तो मौसम न रहिवो...बस तम्बाखू का खेत है। मालिक एक रुपया देत है रोज का—फिर भी करती। पर तम्बाखू की बू बहुत चढ़े है। सिर को चक्कर आ जाए खड़ी-खड़ी को..." फूलमती की आवाज़ हलीमी में आ गई। वह झगड़ा करती-करती तसले में मलबा डालती रही थी, अब उसने कपड़ा मरोड़कर सिर पर रखा और मलबे से भरे तसले को सोनमती से उठवाती तारासिंह मिस्त्री की ओर मुंह करके कहने लगी, "तुम गुस्सा ना होवो मिस्त्रीजी...मैं ईंटें लाए देत हूं...बस, यह तसला उंडेल दूंगी, ईंटें ले आऊंगी..."

"बस ऐसे काम किया कर ना...बीच में कांय-कांय क्या करती है..."

"मैं कांय-कांय करती हूं?"

"और नहीं तो क्या? अब बोलेगी तो मैं तुम्हारा नाम कांय-कांय रख दूंगा..."

"घर में औरत तो होगी मिस्त्रीजी?" सीढ़ियां उतरते हुए फूलमती ने पूछा।

"हां, है।" मिस्त्री तारासिंह ने चौखट के बैरे को कील ठोंकते हए जवाब दिया।

"तो उसका नाम कांय-कांय रख दो न।" सीढ़ियां उतरते हुए फूलमती ने कहा और फिर हंसने लगी।

"तुमने भाई इसे क्यों मुंह लगा लिया?" ठेकेदार ने पास से कहा।

"मुंह तो मैंने नहीं लगाया ठेकेदारजी...ऐसे ही मुंह का स्वाद खराब करना था?" मिस्त्री हंसने लगा।

"मैं सब जानता हूं। अभी तू ध्यान लगाकर काम कर। आज

मैंने बड़ी शिल्फ डलवानी है।” ठेकेदार ने अभी इतना ही कहा था कि उसे याद आया, पिछले कई महीनों से तारासिह की औरत बीमार थी। इसलिए हमदर्दी से पूछने लगा :

“क्यों भाई तारे! तुम्हारी औरत बीमार थी...अब तो ठीक है न?”

“ठीक तो नहीं सरदारजी। सुस्त पड़ी रहती है...जाने क्या बीमारी है उसे!”

“कहीं मायके जाने की तो बीमारी नहीं भाई! मैं सब जानता हूं इन औरतों को...”

“मैंने कोई बांधकर तो नहीं रखी हुई...।”

“फिर एक-दो लगा देनी थी।”

“नहीं, सरदारजी! मुझसे मारा नहीं जाता औरत को।”

“न भाई, मारना भी नहीं चाहिए...यूं ही कहीं रस्सी तुड़ा ले... आदमी, मगर औरत को मारे तो बांधकर मारे...नहीं तो ऐसे कभी न मारे...”

“बांधकर कैसे ठेकेदारजी?”

“तू समझा कर बात को भाई...”

“मैं तो कुछ नहीं समझा...”

ठेकेदार की हंसी उसकी घनी मूंछों में फंस गई और वह कहने लगा, “घर में कोई बच्चा-वाला हो तो भले ही औरत को पीट डालो, वह नहीं जाती कहीं। मैं सब जानता हूं...”

“आपके तो अब बच्चा हो गया है ठेकेदारजी। कभी यह नुस्खा इस्तेमाल किया है?” मिस्त्री की हंसी उसकी पतली मूंछों से छनने लगी।

ठेकेदार ने अभी जवाब नहीं दिया था कि फूलमती मलबेवाला खाली तसला हाथ में पकड़े छत के ऊपर आ गई। नीचे ईंटों का ट्रक आया था। ठेकेदार पर्ची पर दस्तखत करने के लिए नीचे चला गया।

“ओ कांय-कांय, तू ईटें नहीं लाई?” मिस्त्री ने फूलमती से रोष से

पूछा।

"जो कांय-कांय होगी वह ईटें लाएगी। मैं तो फूलमती हूं।" फूलमती ने एक नखरे से कहा और खाली तसले में मलबा भरने लगी।

"अब मैं तेरे से बात ही नहीं करूंगा...वह आ गया कलुया...जा रे कलुया! जल्दी से ईंटें ले आ, देखना, सूखी ईंटें मत लाना...तराई कर लेना।"

"अब मैं तेरे से बात नहीं करूंगा..." फूलमती ने मुंह चिढ़ाया और कहने लगी, "तो कौन बात करता है तेरे से मिस्त्रीजी!"

"मलबा तो आज ही उठ जाएगा...तू फिर कल क्या करेगी?...कल मत आना काम पर..."

"हाय-हाय! मत आना काम पर।" फूलमती ने मिस्त्री की नकल उतारी और कहने लगी, "हम तो अपना-अपना मिस्त्री बांट लेंगी...मैं दूसरे मिस्त्री को ईंटें लाकर दूंगी।"

"जा, जा, जहन्नुम में जा..."

"जहन्नुम क्या होता है मिस्त्रीजी?"

"मैं कहता हूं तू चली जा यहां से, नहीं तो मैं तुझे अभी जहन्नुम दिखा दूंगा..."

"बड़े आए जहन्नुम दिखानेवाले...लो बैठी हूं तुम्हारे सामने..."

"आता है ठेकेदार अभी, तेरे को सीधा करेगा।"

"क्या करेगा ठेकेदार, मारेगा मुझे? मेहनत करके कमाती हूं, खाती हूं। ठेकेदार के पल्ले से नहीं खाती...जिसके पल्ले से खाती थी मैंने उसको छोड़ दिया।"

"तू तो कहती थी, तेरा मर्द मर गया है?"

"जब छोड़ दिया तो फिर क्या है? वह जीता भी है तो मुझे क्या?"

"तूने अपने मर्द को क्यों छोड़ दिया?"

"बहुत सराब पीता था। मेरे को मारता था...एक दिन उसने बहुत मारा।"

“कुछ तेरा भी कसूर होगा?”

“उसने मेरे सारे गहने बेच दिए। मैंने उजर किया तो मारने लगा...”

“फूलमती मलबे के भरे हुए तसले को उठाती कुछ और भी कहने लगी थी कि ठेकेदार छत पर आ गया और आते ही बोला :

“तुम्हें बिगाड़ दिया बातों ने...भाई तारे! कौला नौ इंची का लगाना था।”

“नौ इंच का ही तो लगाया है ठेकेदारजी...”

“अच्छा-अच्छा, मैंने कहा कि भई तू बातों में...आज यह बड़ी शेल्फ ज़रूर डालनी है। हाथों को ज़रा तेज़ कर ले।”

“सरिया चार इंची पर लगाना है या तीन इंची पर?”

“चार इंची पर भाई, चार इंची पर। लोहे को तो आग लगी हई है। तीन इंची का भला यहां क्या काम है...”

“आप रोड़ी मंगवाएं, मेरी दो रद्दें रह गई हैं, और दूसरे मिस्त्रियों को भी इधर बुला लो।”

“नीचे एक-एक इंची की रोड़ी डलवा देना—फिर सरिया बिछाकर एक-एक इंची और डाल देना—बस, इससे अधिक की जरूरत नहीं।”

“अच्छा जी।”

“हां भई, तुम खुद समझदार हो। लोग काम तो कहते हैं कि अव्वल दर्जे का हो और पैसे तारते हुए आएं-बाएं करते हैं। मैं सब जानता हूं...”

“आपको करनलवाली कोठी के पैसे अभी तरे हैं या नहीं?”

“कहां भाई?.. वहां तो और ही...मामला बन गया...”

“क्या हो गया वहां?”

“वहां पड़ोस में भी एक कोठी बन रही थी न...”

“हां।”

“बस भाई, उनकी आपस में लग गई।”

“लड़ाई हो गई उनकी?”

"लड़ाई काहे को...उनका आना-जाना हो गया।"

"फिर?"

"करनल को मन में शक हो गया...उसने भाई कोठी अपने नाम करवा ली..."

"पहले उसकी औरत के नाम थी?"

"जमीन का बियाना उसी के नाम पर दिया था भाई..."

"फिर?"

"औरत को जब पता चला उसने मुकदमा कर दिया, वह जो .ऐंकल थान, उसने...शह दी थी।"

"ऐंकल कौन-सा ठेकेदारजी?"

"अरे तू बात समझा कर! वह औरत का ऐंकल नहीं था...उसके लड़के-लड़कियां उसे ऐंकल बुलाते थे..."

"अंकल...अच्छा अंकल।"

"भई, हम पढ़े हुए नहीं। पर इतना हम तभी जान गए थे कि यह जो नया ऐंकल बना है...कोई गुल ही खिलाएगा।"

"फिर?"

"फिर जी वह औरत कचहरी पहुंची...यह कचहरी के मामले बड़े टेढ़े होते हैं..."

"फिर क्या बना ठेकेदारजी?"

"उनका तो जाने क्या बनेगा...पर मैं तो मारा गया भाई। न वह औरत मेरा बिल तारती है और न वह करनल..."

"बिल तो ठेकेदारजी अब ऐंकल को तारना चाहिए।"

"मैं सब जानता हूं...इन ऐंकलों को...यह मर्दए बिल तारेंगे...करनल को चाहिए था कि औरत को पहले ही दबाकर रखता।"

मिस्त्री ने हाथ का काम खत्म कर लिया था, इसलिए ठेकेदार ने मुंडेर से झांककर बेलदारों को आवाज दी कि वे रोड़ी के तसले भरके ले आएं...

"पांच तो बज गए ठेकेदारजी। अब शिल्फ कैसे पड़ेगा?" फूलमती ने छत पर आते हुए कहा।

"तुमने घड़ी बांधी हुई है हाथ पर? पांच कहां बज गए अभी?"

मैं तो ठेकेदारजी बिगर घड़ी के बता दूं, तुम देख लो घड़ी में।"

"तू तो सवेरे भी मटककर आती है। तुमसे मैं छ: बजे तक काम करवाऊंगा। मैं सब जानता हूं।"

शेल्फ पड़ गया। छ: बजने लगे। ठेकेदार ने मिस्त्रियों को और बेलदारों को ताकीद की कि वे सवेरे आठ बजे से दस मिनट पहले ही पहुच जाएं, दस मिनट ऊपर न होने दें, "कल छजलियां डाल देनी हैं और परसों सारी दीवारों को छतों तक पहुंचा देना है।"

सवेरे, आठ बज गए, नौ बज गए, दस बज गए। काम चालू हो गया था, पर सारे मिस्त्री और बेलदार हैरान थे कि ठेकेदार अभी तक नहीं आया था।

कल चाहे फूलमती ने कहा था कि वह तारासिंह मिस्त्री को ईंटें नहीं पकड़ाएगी, पर आज जब सब बेलदारों ने अपने-अपने मिस्त्री चुने तो फूलमती ने तारासिंह को अपना मिस्त्री चुन लिया।

"आज तो मिस्त्रीजी, मुझे डर लागे..." फूलमती ने सिर पर उठाई ईंटों को नीचे मिट्टी के एक ढेर पर फेंकते हुए कहा।

"काहे का डर लागे फूलमती?"

"आज ठेकेदार को जाने कोई मुसीबत पड़ गई।"

"किसी काम को गया होगा...अभी आता होगा.."

"आज तो मेरा दिल कहता है कि कोई बुरी बात होगी।"

काम चालू था। एक ठेकेदार नहीं आया था। पूरी चहल-पहल बुझी हुई थी। आज फूलमती भी मिस्त्री से नहीं लड़ रही थी।

खाने के समय तक सबको ठेकेदार के आने की उम्मीद थी। पर उसके बाद तारासिंह मिस्त्री के मुंह से रह-रहकर निकलने लगा, "आज न जाने ठेकेदार का क्या बना, वह रहनेवाला तो नहीं या!"

शाम तक छजलियां पड़ गईं, कल दीवारें ऊंची हो जानी थीं। छत बांधने के समय ठेकेदार का पास होना जरूरी था। इसलिए तारासिंह मिस्त्री ने सबको कहा कि वह रात को ठेकेदार के घर जाएगा और पता करेगा कि क्या बात हुई।

- अगले दिन सवेरे जब सब मिस्त्री और बेलदार काम पर पहुंचे तो ठेकेदार अब भी कहीं दिखाई नहीं देता था। सब तारासिंह मिस्त्री के मुंह की ओर देखने लगे।

"ठेकेदार आएगा अभी। थोड़ी देर के बाद आएगा...हम काम चालू करेंगे...वह कुछ बीमार है..." तारासिंह मिस्त्री ने सबको यही बात कही, पर उसके मुंह से लगता था कि बात कुछ और थी।

फूलमती कुछ देर तारासिंह मिस्त्री को चुपचाप ईंटें पकड़ाती रही, फिर धीरे से पूछने लगी, "क्या बात हो गई मिस्त्रीजी?"

"बात...बात तो कुछ नहीं।" मिस्त्री ने बात टाल दी।

दोपहर के समय जब रोटी खाने की छुट्टी हुई तो नीम के पेड़ के नीचे बैठकर रोटी खा रहे तारासिंह मिस्त्री से फूलमती फिर पूछने लगी, "हमको नहीं बताओगे, मिस्त्रीजी?"

"बता तो दिया कि ठेकेदार बीमार है।"

"झूठ बोलत हो मिस्त्रीजी।"

"मैं झूठ बोलता हूं तो तू ठेकेदार के घर चली जा, उससे पूछ ले..."

"तुम्हारी मर्जी, मिस्त्रीजी। हमने क्या करना है पूछकर...यह तो ऐसे ही...किसीके दुःख से दुःख लागै..."

मिस्त्री कुछ देर फूलमती के मुंह की ओर देखता रहा। फिर बोला, "बात बड़ी खराब है, फूलमती, किसी से बताना नहीं..."

फूलमती बोली कुछ नहीं, केवल इनकार में सिर हिला दिया। - "ठेकेदार की औरत..." मिस्त्री कुछ कहते-कहते रुक गया।

"भाग गई?"

"यह तो मुझे पता नहीं कहां गई। घर में नहीं है। शायद ठेकेदार से रूठकर अपने मां-बाप के यहां चली गई होगी..."

"उसका बच्चा नहीं है?"

"बच्चा तो है।"

"वह बच्चे को साथ ले गई?"

"नहीं, बच्चे को छोड़कर गई है।"

"फिर वह मां-बाप के यहां नहीं गई होगी।"

तारासिंह मिस्त्री अब तक सचमुच यह सोच रहा था कि वह शायद ठेकेदार से रूठकर अपने मां-बाप के पास चली गई होगी। पर फूलमती की दलील उसे ठीक लगी कि अगर वह अपने मां-बाप के पास गई होती तो बच्चे को अपने साथ ले जाती।

"ठेकेदार ने झगड़ा किया था?"

"झगड़ा तो हुआ ही होगा। शायद ठेकेदार ने उसे मारा होगा..."

"ठेकेदार सराब पीता है?"

"शराब तो नहीं पीता। पर वह सोचता है कि कभी-कभी औरत को मारना ज़रूर चाहिए।"

"बेकसूर को मारना चाहिए?"

"वह सोचता है कि इस तरह औरत बिगड़ती नहीं...दो दिन हए मुझसे कह रहा था कि औरत को मारना हो तो बांधकर मारना

चाहिए..."

"रस्सी से बांधकर?"

"नहीं, नहीं... "उसका मतलब था कि जब घर में कोई बच्चा हो जाए तो औरत घर से बंध जाती है। फिर उसको मार-पीट भी करो तो वह घर छोड़कर भागती नहीं।.."

"एक बात कहूं, मिस्त्रीजी?"

"कहो..."

"ठकेदार तो कहत है कि सब बात जानत हूं......वह खाक जानत है..."

तारासिंह मिस्त्री ने देखा, सामने ठेकेदार आ रहा था। वह आगे बढ़ ठेकेदार से मिला और दूर सड़क पर खड़ा होकर उससे पूछने लगा, "कुछ पता चला?"

ठेकेदार ने जवाब देने की जगह इनकार में सिर हिला दिया।

"मायके तो वह नहीं गई...मेरा दिल यही कहता है...वैसे आपने आदमी भेजा ही होगा, आज आकर खबर दे देगा।"

"आदमी लौट आया है। वह वहां नहीं गई।" ठेकेदार की आवाज उसके गले में कई बालिश्त नीचे उतरी हुई थी। "आसपास के कुएं भी खोजवा लिए हैं..."

"आप क्या सोचते हैं कि उसने कहीं कुएं में..."

"कहा करती थी—मैं किसी दिन कुएं में छलांग लगाकर मर जाऊंगी..."भई, मुझे क्या मालूम था.."

ठेकेदार जैलसिंह की जिन्दगी में यह शायद पहला दिन था जब उसने यह नहीं कहा था, 'मैं सब जानता हूं'...

फेरों का भाड़ा

आसमान पता नही कौन-से विचारों में खोया हुआ था। बादल सोचो की तरह घिरे हुए थे। चांद का एक भाग कभी उनमें से ऊपर तेर आता और कभी फिर विचारों में डूब जाता।

रात सुनीता की जवानी की तरह ढल रही थी, पर सुनीता के मन में आज के आसमान की तरह कोई विचार नहीं थे। वह शान्त अडोल अपनी चारपाई पर सोई हुई थी।

कई वर्षों के बाद उसकी मौन बैठी हुई जिन्दगी ने एक हुंकारा भरा था। उसने अपने बच्चे का मुंह देखा था और उसका ज़िन्दगी के इस हुंकारे के साथ मन बहला हुआ था।

प्रसूति के पहले दिनों में ही वह कई कामों में लग गई थी। दीवार का आश्रय लेकर वह बैठ जाती और अपने बच्चे के स्वैटर की कई सिलाइयां डाल लेती और नन्नी मुन्नी फाकों पर वह रांगले धागों के फूल बिखेर देती। गीली दीवार की सर्दी उसकी पीठ में उतर रही थी, परन्तु मन की गर्मी में उसने इसकी चिन्ता नहीं की थी। फिर कुछ दिन निकल जाने के बाद उसकी पीठ में एक दर्द ठहर गया था, और यह दर्द बढ़ते-बढ़ते उसके सिर के पिछले भाग को स्पर्श करने लग पड़ा था। वैसे रात के पहले पहर नींद उसके निकट नहीं फटकती थी, परन्तु जब सुनीता एक बार सो जाती थी तो नींद कभी उससे रूठती नहीं थी।

आज सुनीता रात के उस पहर में जाग पड़ी, जिसमें वह आगे कभी नहीं जगी थी। जाने किसीने उसे बांह से पकड़ कर उठाया हो। पता नहीं विचारों में पड़े हुए आसमान ने कौन-सी 'होनी' की बांह नीचे धरती की ओर लटका दी थी।

सुनीता की नींद खुल गई और कितनी ही देर ऊपर आसमान पर अंधेरे और रोशनी को खेलते देखती रही। एक बार पुनः सोने की आशा से उसने करवट ली—साथ की चारपाई खाली थी। उसने चौंककर दूसरी करवट ली, बाईं ओर की चारपाई भी खाली थी। उसके दाईं ओर रात को उसका पति सोता था और बाई ओर उसकी सहेली। उसकी एकमात्र सहेली, जो हर दुःख-सुख में उसके पास कई-कई दिनों के लिए आकर रहा करती थी।

आसमान ने अपने सारे विचार सुनीता के मन में उंड़ेल दिए। सामने कमरे की खिड़की में से एक धीमा प्रकाश पता नहीं किस तरह काटता था। सुनीता चौंककर उठ बैठी। कमरे में से आवाज़ आ रही थी:

"भाई साहब, सुनीता जाग पड़ेगी।"

"सुनीता इस समय कभी नहीं जागी।"

"पता नहीं आज मुझे डर लग रहा है।"

"......"

"भाई साहब..." फिर एक चीख जैसी आवाज़ आई। सुनीता की सहेली ने खिड़की के बाहर खड़ी हुई सुनीता को देख लिया था। कमरे के अन्दर की रोशनी और बाहर का अंधेरा एकसाथ कांप उठे।

सुनीता की सहेली के होंठों पर अभी भी 'भाई साहब' का शब्द एक रंग की तरह लगा हुआ था, परन्तु उसके अर्धनग्न शरीर में उस रिश्ते की कोई खुशबू नहीं थी।

"सुनीता...सुनीता..." पति की आवाज़ बहुत-सी मिली हुई आवाजों के एक शोर की तरह सुनीता के कानों में कितनी देर आती रही। जिसमें से कभी-कभी कोई शब्द उसकी समझ में आ जाता।

"हम तुमसे छुपाते रहे हैं...परन्तु हमेशा सोचते थे, बता दें...गत वर्ष भी सोचते रहे थे...उससे पिछले वर्ष भी...केवल डरते थे, तेरे मन को तकलीफ होगी।"

सुनीता को महसूस हुआ उसकी सहेली के मुंह पर कोई हल्दी मल रहा था। फिर उस हल्दी के रंग में काली-काली धारियां उभरने लगीं। उसके होंठों पर मला हुआ 'भाई साहब' शब्द का लाल रंग का खून का दाग बन गया। और उसके अभी-अभी ढके शरीर में से एक गन्ध उठकर सारी हवा में घुलने लगी...खून का दाग और बड़ा होता गया और सुनीता की आंखों के आगे खून ही खून बिखर गया। गन्ध और तीखी होती गई और सुनीता का सांस घुटने लगा।

सुनीता को जब होश आया, एक डाक्टर उसके पलंग के दाईं ओर बैठकर उसके सिर पर गीली पट्टी रख रहा था। सुनीता ने अपने रक्त से भीगे हुए तकिये को देखा। डाक्टर कह रहा था, "अच्छा हुआ कान की नाड़ी फट गई, नहीं तो सिर की कोई नाड़ी फट जाती, और संभालना मुश्किल हो जाता।"

रात का आसमान सुनीता को जो विचार दे गया था, उन विचारों ने सुनीता की आयु के कितने वर्ष एक हाथ से उठाकर दूर रख दिए। सुनीता को वह चेहरा याद आया...शरण का चेहरा...जो उसको कभी अपने मन के फूल से उठती हुई खुशबू की तरह महसूस हुआ था, परन्तु शरण के होंठों ने कभी उस खुशबू की बात नहीं की थी।

फिर सुनीता ने उसकी खामोशी को उसकी रज़ा समझ लिया था। फिर एक बार—केवल एक बार—वह अपने विवाह के बाद शरण को मिली थी और उस दिन शरण के होंठ उस खुशबू की बातें करने लग गए थे।

'तूने मुझे पहले कभी कुछ न कहा...'

'एक बात सुनाऊं?'

'हां।'

'परन्तु कमरे की बत्ती बुझा दो, तुम्हारे चेहरे की ओर देखकर मुझसे बात नहीं होती।

'अच्छा।

'एक था लकड़हारा और एक थी शहज़ादी। वह प्रतिदिन जंगल में लकड़ी काटने जाया करता था। धूप जब तीखी हो जाती थी, वह माथे का पसीना पोंछकर एक वृक्ष की छाया तले सो जाया करता था और हर रोज़ सपने में एक शहजादी का चेहरा देखा करता था।'

'फिर?' सुनीता को अंधेरे में शरण का चेहरा तो नहीं दिखाई देता था, परन्तु उसे महसूस हुआ, उसके बालों को स्पर्श कर रहा शरण का सांस बड़ा गर्म हो गया था।

'एक दिन उस लकड़हारे ने सचमुच उस जंगल में उस शहज़ादी को देखा। वह वही चेहरा था-उसके सपनों की शहज़ादी का चेहरा। शहज़ादी के आसपास सहेलियों का समूह था और सोने की पालकी चमक रही थी। लकड़हारे के सारे बोल गूंगे हो गए।

शरण के सांसों का जो सेंक सुनीता के आंसुओं में घुल रहा था, उसके साथ वह उस समय पता नहीं किस तरह पिघल गई। शरण की उंगलियां सुनीता की कमीज़ के बटनों पर कांपी।

'नहीं शरण...नहीं...' सुनीता ने शरण का हाथ पकड़ लिया। जिस आदमी का विश्वास अपने साथ लेकर आई हूं, उसे , साबित वापस ले जाऊंगी। और सुनीता ने कमीज के बटन की तरह विश्वास का भी कोई बटन खुलने न दिया। अपने मन के फूल . में से उठ रही खुशबू को भी सूंघने से इन्कार कर दिया।

उस दिन सुनीता के पति ने सुनीता की विजय को चूमकर कहा। था, 'तुम जब चाहो शरण को मिल लेना, परन्तु मेरे साथ सुच्ची रहना।' और फिर सुनीता ने अपने पति के इन शब्दों का कभी सपने में भी उल्लघन नहीं किया था।

विचारों ने जिन हाथों से सुनीता के जीवन के इतने वर्ष उठाकर दूर रख दिए थे, वे फिर अपने स्थान पर रख दिए।

बीती हुई रात उसके खून में एक विष घोलने लग गई। सुनीता ने पहली बार अपनी ज़बान पर वही विष रखकर अपने पति से कहा, "आपने मुझसे एक बार सुच्ची रहने की कीमत मांगी थी, और मैंने वह कीमत अदा की थी; उस कीमत की शर्त केवल औरत के लिए बनी है?"

बीती हुई रात का विष पता नहीं किस तरह का था, सुनीता के किसी शब्द से भी बाहर नहीं निकलता था, शायद इसीलिए सुनीता के मुंह से शब्दों के साथ कितना-सा खून भी आ गया।

"मुंह में से आया हुआ खून अच्छा नहीं होता, कान की बात और थी।" शाम को डाक्टर ने कहा।

उस रात सुनीता को महसूस हुआ, उसकी कमीज़ के जोड़ों में कोई सुई लगी हुई रह गई थी, और ज़रा-सा हिल जाने से भी उसके शरीर में चुभ रही थी। सुनीता ने कमीज़ उतारी, उसका एक-एक जोड़ देखा, पर सुई कहीं नहीं थी। तब भी सुनीता ने कमीज़ बदलकर पहनी, परन्तु करवट लेती सुनीता को फिर सुई की चुभन महसूस हुई। सुनीता ने घबराकर वह कमीज़ भी उतारी, उसके भी एक-एक जोड़ को देखा, पर सुई कहीं नहीं थी। और सुनीता ने कमीज़ों को बदल-बदलकर पहना। न सुई चुभने से हटी और न ही सुई कहीं मिली।—फिर सुनीता को सुई की चुभन जैसा एक ख्याल आया—उसकी सारी कमीज़ें उसकी सहेली के हाथ की सिली हुई थीं। सुई और कोई नहीं थी, उसके टूटे हुए विश्वास की कोई नोक थी...और फिर कितनी ही नोकें सुनीता के शरीर में चुभ गईं।

"सुनीता बहुत देर जागेगी तो इसकी पीड़ा बढ़ जाएगी, तनिक इसके पैरों को दवाकर सुला दे।"

"भाई साहब, बाहर बाग में से आज चढ़ते चांद को देखने को मन करता है, पर सुनीता को सर्दी लग जाएगी।"

"सुनीता एक सप्ताह के लिए बम्बई जाना चाहती है, आप भाई साहब जाने क्यों नहीं देते, पीछे बच्चे को मैं संभाल लूंगी।"

आज सुनीता को पुरानी सभी बातें याद आईं। प्यार और विश्वास की सारी कीमतें बदल गई थीं। पर सुनीता की पीड़ा एक ही थी, जिन कीमतों पर उसने जीवन के इतने वर्ष बलिदान कर दिए, आज कोई भी उन वर्षों को वापस नहीं दे सकता था। उसकी जवानी के वर्ष...उसके मन से उठनेवाली खुशबू के वर्ष...

डाक्टर हैरान थे, उनकी कोई दवाई सुनीता को ठीक क्यों नहीं कर रही थी? उन्होंने सुनीता के दर्द को नहीं समझा था कि उसने सारी आयु जिन झूठी कीमतों पर कुर्बान कर दी थी अब आयु के बाकी दिन उन कीमतों पर कुर्बान करने के लिए वह काहे के लिए ज़िन्दा रहेगी?

थोड़े-से दिनों में ही सुनीता की चारपाई के पास बैठकर मौत जैसे अपनी कहानी सुनाने लग गई। एक दिन सुनीता का बच्चा कितनी देर से रो रहा था, आया से वह संभाला नहीं जा रहा था। सुनीता को एक क्षण अपने बच्चे का रोना बड़ा खला—क्या इस घर में वह अपनी मौत की कहानी भी चुपचाप नहीं सुन सकती?.... बच्चा मां के पास आने की ज़िद करता था, अन्त में हारकर सुनीता ने बच्चे को अपनी गोद में ले लिया। मां के बीमार शरीर में पता नहीं किस तरह की लोरी थी, बच्चे की आंखों में नींद भर गई। सुनीता कितनी देर उसे गोदी में लिए उसके सोए हुए चेहरे को देखती रही। छोटे-छोटे सांस सुनीता की झोली में ज़िन्दगी का हुंकारा भर रहे थे।

और मौत के रास्ते की ओर फिसल रहे सुनीता के पैर जाने एकबारगी थम गए—'अभी तो उसने अपने विवाह के फेरों का भाड़ा चुकाना था।'

उसकी मां की मां कहा करती थी, यह बच्चे तो फेरों का भाड़ा होते हैं, मां के बिना बच्चे नहीं पलते। यह फेरों का भाड़ा तो औरत को चुकाना ही पड़ता है।

सुनीता को यह रोष नहीं था कि उसके पति को किसी और औरत से क्यों प्यार हुआ था, उसे रोष इस बात का था कि जो कीमत उसके पति ने उससे मांगी थी, वह कीमत वह आप क्यों नहीं दे सका था?

दुनिया कहती आई है, मर्द के पलड़े में हमेशा पासंग होता है। परन्तु सुनीता दुनिया से निराली थी। वह जिन्दगी के समान बाटों से तुलना चाहती थी। और आज जब उसे ज़िन्दगी ने पासंग रखकर तोला था, वह ज़िन्दगी से रूठ गई थी।

फेरों का भाड़ा...सुनीता के मन में आया यहां वह किसके साथ रूठेगी? उसकी झोली में पड़ी हुई छोटी-छोटी हथेलियां उससे भाड़ा मांग रही थीं।

टूटे हुए विश्वास के कंकरों पर पैर रखती हुई सुनीता उठी। सोए हुए बच्चे को झूले में डाला। झूले के साथ लाल रंग के गुब्बारे और झुनझुने बंधे हुए थे। सुनीता ने अपने सोए हुए बच्चे का मुंह चूमा और अपनी आयु के शेष दिन एक झुनझुने की तरह अपने बच्चे के झूले के साथ बांध दिए।

आड़ुओं और जामुनों के रखवाले

"सो गया है गंगू?"

"नहीं ताऊ।"

"फिर धूप में क्यों पड़ा है?...खाट घसीटकर छाया में कर ले।"
"अच्छा ताऊ।" और गंगू एक अंगड़ाई लेकर उठ बैठा। खाट घसीटकर उसने जामुन के पेड़ के नीचे कर ली। उसकी नंगी पीठ पर खाट की मूंज के निशान उभर आए थे। हाथ से पीठ को सहलाते हुए वह फिर अलसाया-सा खाट पर लेटते हुए बोला, "आ बैठ ताऊ।"

ताऊ ने एक बार सिर ऊपर उठाकर जामुन के पेड़ की ओर देखा। जामुनों का नीला रंग ताऊ के शरीर-भर में चमक उठा और फिर एक खुमारी की सी हालत में वह खाट पर बैठ गया।

"पैताने क्यों बैठता है ताऊ! इधर हो जा।"

"हमें नहीं यह अदवायनें चुभतीं जवान। और फिर इस बार तो पेड़ों को इतना फल लगा है कि उसे देखकर तो अदवायनें भी कोमल लगती हैं। सच कहता हूं, इस बार जामुन इतना मोटा है कि गुठली कहीं दिखाई ही नहीं देती।"

"हां ताऊ।"

"इस साल जैसा जामुन तो सालों बाद देखा है। शायद दस साल बाद।"

"मैं भी यही सोच रहा था ताऊ।"

"तू तब चौदह साल का रहा होगा, पन्द्रह का होगा। पेड़ों को इतना फल लगा था, इतना फल...अभी तुम्हारा बाप जीवित था..."

ताऊ की इस बात से गंगू के कानों में अपने पिता की अत्यन्त लचकीली हांक भर गई, 'जम्मू रा लाए ने, टके पा लाए ने, काले रा लाए ने...' और साथ ही गंगू के बालों में एक हलकी-सी सिहरन हुई, जैसे कोई अपनी पतली-पतली उंगलियां उसके बालों में फेरते हुए उसे जगा रहा हो। गंगू ने चौंककर अपने सिरहाने की ओर देखा। वहां कोई नहीं था। गंगू ने खीझकर आंखें बन्द कर ली और सोचने लगा, 'तापी एक लकड़ी नहीं थी, प्रेतिनी थी। प्रेतिनी ही तो थी, तभी तो मुझसे अब तक उसकी याद लिपटी हुई है... हर साल जब जामुन पकते हैं, मुझसे उसकी याद लिपट जाती है...'

और फिर गंगू को स्मरण हो आया, बारह साल की नन्ही-सी तापी गले में रत्तियों की माला पहने रोज़ दोपहर को उसे बालों से झकझोरकर जगा लिया करती थी। वह हुक्म का बदा पेड़ से जामुन तोड़ रहा होता। तापी चुन-चुनकर मोटी और काली जामुनें खाते हुए गंगू को ज़ोर से बांहों में बांध लेती थी और गंगू का मन होता था कि तापी उसे अपनी बांहों में इतना कस ले, इतना कस ले कि कम से कम उसकी एक हड्डी अवश्य टूट जाए, एक पसली...और फिर तापी उसकी खाट पर बैठकर उसे रुई से सेंकती रहे।

गंगू अपनी यादों से घबराकर खाट से उठ बैठा।

"क्या हुआ?" ताऊ ने पूछा।

"शायद किसी खटमल ने काटा है।" गंगू ने बौखलाकर कहा और मूज के सुराखों में देखने लगा।

"आजकल खटमल कहां से आए? इतनी लू में भी कहीं खटमल ठहरते हैं..."

"जाने फिर क्या था..." गंगू ने कहा और फिर ध्यान दूसरी ओर कर लिया। पेड़ से टिके हुए मटके से पानी पीकर वह फिर खाट के पाये पर आ बैठा।

"चलूं देखू, कहीं लड़के की आंख लग जाए और पंछी जामुनों को कुतर जाएं।" ताऊ उठने को होता हुआ कहने लगा, "क्यों गंगू! चाहे हमने इस बार चार हज़ार भरा है...कहने को होता है चार हज़ार। बोरियां हैं रुपयों की बोरियां..."

गंगू हंस पड़ा, "बोरियां कहां थीं ताऊ। छोटी-सी थैली में सारे नोट आ गए थे।"

"अरे बात समझा कर, अगर आज कागज़ों के स्थान पर चांदी के रुपये होते तो बोरियां ही भरी जातीं।"

"तब भी ताऊ एक ही बोरी में आ जाते..."

"हुआ न! पर हम लोगों के लिए चार हज़ार बड़ी बात है।"

"हां, बात तो बड़ी है। पर हम दस हिस्सेदार हैं। एक के हिस्से चार सौ ही आया न! इससे कम ठेका कहां मिलता है ताऊ?"

"अरे हां लड़के...मैं यह कब कहता हूं कि हमें ठेका महंगा पड़ा है..."

"पूरे सौ पेड़ हैं जामुनों के।"

"तुम यह बताओ कि रुपये दुगुने हो जाएंगे या नहीं?"

"क्यों न होंगे ताऊ! रुपये सेर हैं जामुनें आजकल। सवा रुपया भी बेच लेते हैं..."

गंगू के इस प्रकार हामी भरने से रुपये तो जाने कब दुगुने होने थे, ताऊ का दिल ज़रूर दुगुना हो गया। और ताऊ अपने हिस्से के पेड़ों की रखवाली के लिए इस तरह उठकर चला गया जैसे उसकी कमर का कुबड़ापन थोड़ा-सा घट गया हो।

गंगू का एक निश्वास इस प्रकार निकला, जैसे उसकी जवान कमर थोड़ी-सी कुबड़ी हो गई हो, और वह पुनः खाट पर लेट गया।

तापी की बांहों की तरह तापी की यादों ने गंगू को अपनी बांहों में बांध लिया और आज फिर गंगू का मन हो आया कि कम से कम उसकी एक हड्डी अवश्य टूट जाए...एक पसली!

तापी गंगू की खाट से अदवायन खोलकर कहा करती थी, 'गंगू, यह रस्सा लेकर मुझे झूला डाल दो।"

'पगली! कभी जामुन के पेड़ पर भी झूला पड़ा है?'

'तू डाल तो सही?'

'डालू किस तरह?' जामुन की टहनियां बड़ी कच्ची होती हैं।"

'तुम्हें क्या, अगर हाथ-पैर टूटेंगे तो मेरे टूटेंगे, तू डाल दे न झूला।'

'मुझे तुम्हारे हाथ-पैरों की चिन्ता नहीं। पर तू खुद सोच, मेरी जामुनों का कितना हर्जा होगा।'

और इस बात पर तापी खीझ उठती थी। फिर गंगू उसे बांहों से पकड़कर जोर से घुमा देता था और कहता था, 'बस, झूले पर भी ऐसे ही चक्कर आते हैं।' तापी जब खूब खीझ जाती तो गंगू उसके साथ एक शर्त बांधता था कि अगर तापी उसे आड़ ओंवाला गीत सुनाएगी तो वह उसे और चकरियां नहीं देगा।

'सुनाऊंगी, सुनाऊंगी, अरे हां सुनाऊंगी।' तापी जब यह बात कई बार कह लेती थी तो गंगू उसकी बांहें छोड़ देता था। फिर तापी बड़ी लोर में गाया करती थी :

'आड़ुए दा बूटा
असां पानी दे दे पालिया
आड़ूखा लए लोकां
असीं कूडा जाफर जालिया।'

और फिर तापी अपना गीत बीच में छोड़कर कहती, 'अरे देख रे, तुम्हारी जामुनें तोते खा गए...वह देखो।' गंगू जब घबराकर जामुन के पेड़ की ओर दौड़ता, तापी मौका पाकर भाग खड़ी होती और भागते-भागते कहती :

'इक मुण्डे नू झुठाइया...ऊंट घोड़े लाया...'

दस साल पीछे की इन यादों ने आज गंगू को न मालूम कितने ज़ोर

से अपनी बांहों में कस लिया, गंगू के दिल की कोई नाड़ी मुचक गई और उसकी आंखों में पानी आ गया। गंगू सोचने लगा, 'तुमने बहकाया नहीं था तापी, तुमने सच ही कहा था, मेरी जामुनों को तोते खा गए, और तुम्हारे आड़ुओं को लोगों ने खा लिया...'

फिर गंगू को एक बात इस तरह स्मरण हो आई जैसे उसने अपने दांतों में जामुनों की गुठलियां चबा ली हों।

तापी के बाप ने गंगू के बाप को हामी भरी थी कि वह तापी का विवाह गंगू से कर देगा। पर जब तीसरे साल गंगू का बाप बीमार पड़ गया और गंगू ने ठेके के लिए एकत्रित सारा रुपया बीमारी पर लगा दिया, और जब उसी साल गंगू जामुनों का ठेका न ले सका तो तापी का बाप अपनी ज़बान से मुकर गया, और उसने तापी का विवाह कहीं और कर दिया।

गंगू इन विचारों को जैसे जामुनों की गुठलियों की तरह चबा रहा था कि ताऊ होले से खाट के पैताने आ बैठा। और गंगू खीझकर सोचने लगा, 'आज ताऊ को क्या हुआ है, अपनी जामुनों की रखवाली करने के स्थान पर आज यह मेरी खाट के चक्कर क्यों काट रहा है...'

"एक बात करनी थी, तुमसे गंगू!"

"कहो ताऊ।"

"भई तू मुख्तियार जो ठहरा, तुमसे पूछे बिना हम कोई बात मुंह से नहीं निकाल सकते..."

"बता भी ताऊ क्या बात है?"

"जाने तुम्हें याद है कि नहीं, एक तुम्हारे बाप का मित्र था। वह तो कोई तीन साल हुए मर चुका है, एक उसकी लड़की थी तापी, बचपन में तुम्हारे साथ खेला करती थी..."

गंगू इस प्रकार चौंककर खाट से उठ बैठा, जैसे एक-दो नहीं, पूरे के पूरे पचास खटमलों ने खाट से निकलकर उसकी देह को काट खाया हो।

"कहां चला है उठकर?" ताऊ ने चकित होकर पूछा।

"कहीं नहीं..." गंगू ने घबराकर उत्तर दिया।

"तापी के मर्द का इस बार कहीं काम नहीं बना। बहुत दूर से चलकर आया है और कहता है कि जैसे भी हो, मेरा हिस्सा भी डाल लो इस ठेके में।"

गंगू ताऊ के मुख की ओर देखता रह गया।

"अगर तुम्हारी मर्जी नहीं तो न सही गंगू। मुझे तो यूं ही उसपर तरस आ गया था।...उसपर काहे को...उस लड़की तापी पर। बेचारी ने बड़ी मिन्नत से कहा था।"

गंगू का दिल ज़ोर-ज़ोर ने धड़कने लगा और उसने पेड़ के तने को इस प्रकार ज़ोर से पकड़ लिया जैसे उसके पैरों के नीचे धरती हिल रही हो।

"मैंने तो उसे साफ कह दिया था कि हमारा मुख्तियार गंगू है। बस हां करे तो वह, न करे तो वह।"

"मैं काहे का मुख्तियार हूं ताऊ!" गंगू ने विरक्ति से कहा।

"नहीं भई! हम तो सच्ची बात कहते हैं। यों कहने के लिए भले ही हम दस हैं इस ठेके के हिस्सेदार। पर यह ठेका तेरी हिम्मत से ही मिला है। इसलिए..."

"नहीं ताऊ यह बात नहीं। तू बुज़ुर्ग है, ऐसा न कहा कर।" गंगू ने धीमी-सी आवाज़ में कहा।

"तो फिर हां कह दूं?" ताऊ ने जल्दी से पूछा और आगे कहा, "बड़े बेचारे-से होकर वे दोनों मेरी खाट पर बैठे तुम्हारी मंजूरी को देख रहे हैं।"

"मैंने कभी तुम्हारी बात टाली है?" गंगू ने एक निश्वास लिया।

"तापी सच कहती थी..." ताऊ ने खुश होकर कहा।

"क्या कहती थी तापी?" गंगू ने जल्दी से पूछा और उसकी देह में एक कंपकंपी हो आई।

"कहती थी कि अगर गंगू मुख्तियार है तो वह मुझे 'न' नहीं करेगा..." ताऊ ने तनिक साहस करके बताया।

"अच्छा?" गंगू चकित हुआ।

"लो शायद इधर ही चली आ रही है...देख तो सामने, वही है?" ताऊ ने ध्यान से देखा। उसकी बूढ़ी आंखें और सिकुड़ गईं। तापी समीप आ गई थी, ताऊ ने पहचान ली, और चारपाई पर बैठे-बैठे हाथ उठाकर तापी को बुलाते हुए कहने लगा, "आ जा लड़की! आ जा! मैंने तुम्हें कहा था न कि गंगू तुम्हें नाहीं नहीं करेगा!"

तापी पास आ गई और गंगू की ओर देखती हुई ताऊ से पूछने लगी, "भला ताऊ! गंगू को मेरा नाम याद था? तुमने याद दिलाया होगा।"

"तुम भी क्या बातें करती हो लड़की! बचपन में तुम एकसाथ खेलते रहे, एक थाली में खाते रहे...यह बहुत हठ ठानता था तेरे से..." ताऊ ने लाड़ में कहा।

"सच ताऊ!" और तापी ताऊ के घुटनों के पास खाट से नीचे ज़मीन पर बैठ गई।

"खाट पर बैठ न बेटी! नीचे क्यों बैठती है?" ताऊ ने आग्रह से कहा।

"खाट की मूंज चुभती है।" न मालूम गंगू के मुंह से कैसे निकल गया। उसकी आवाज़ में आत्मीयता भी थी और रोष भी।

तापी ने एक बार चमककर गंगू की ओर देखा और फिर धीरे से ताऊ से कहने लगी, "सच ताऊ! जब मैं छोटी थी, गंगू मुझे बड़ा खिझाता था ... मेरे से बहुत शर्तें मनवाता था।"

"काहे की शर्तें?" ताऊ ने लाड़ में पूछा।

"बड़ी शर्तें..." और तापी सोचने लग गई। फिर सिर नीचा करके कहने लगी, "मुझे इतने चक्कर देता था कि मेरा सिर चकराने लगता था...और वह उतनी देर मुझे नहीं छोड़ता था जितनी देर मैं गाने का वचन न दे देती..."

"फिर तुम क्या गाया करती थीं?" ताऊ ने प्यार से तापी के बालों को सहलाया।

"मुझे क्या गाना था ताऊ!...बस मुझे एक ही गीत आता था और यह वही गीत बार-बार सुनता था...कुछ भी नहीं था...यूं ही आड़ुओं का एक गीत था।" जाने यह बात कहते हुए तापी की आंखें क्यों छलछला आईं। उसने एक बार गंगू की ओर देखा, और फिर आंखें दूसरी ओर कर लीं। शायद आज उसे अपने उस गीत के रखवाले की किस्मत पर रोना आ गया था, जो आड़ुओं को पानी दे-देकर पालता है, पर उन्हें मुंह नहीं लगा सकता।

गंगू के पांओं में जाने कैसे कील चुभे हुए थे, वह जहां खड़ा था वहीं का वहीं खड़ा रहा। अचानक तापी की नज़र ऊपर जामुन के पेड़ की ओर गई, पांच-छ: तोते एक टहनी पर बैठे हुए थे और जामुनें काट रहे थे। तापी झट से उठकर तोतों को उड़ाने लगी।

गंगू के दोनों बच्चे, जो पेड़ की दूसरी ओर एक खाट पर सोए हुए थे, उठ बैठे और आकर गंगू की टांगों से लिपट गए। गंगू ने एक लम्बा सांस लिया और कहा, "रहने दे तापी! काहे को उड़ाती है तोते! जामुनें तो अब कुतरी ही गईं!"

हीरे की कनी

जिस ढोलकी पर चमच मार-मारकर लड़कियों ने सात दिन तक गाना-बजाना किया था, लड़कियों का तो क्या, उस ढोलकी का भी गला फट गया था। अब डोली दरवाज़े पर पहुंच गई थी और आंगन में वह ढोलकी खाली पड़ी हुई थी। चचा-ताऊ के सम्बन्ध से जो लड़के की बहनें लगती थीं, वे नई बहू के मुंह में ग्रास दे रही थीं, और रिश्ते में जो लड़के की भाभी लगती थी, वह नई बहू पर तिल फेंक रही थी। और अब औरतें जो गीत गा रही थीं, उनके साथ ढोलकी की ज़रूरत नहीं थी। वे फटे हुए गलों से कह रही थीं :

"भाभी एक ननदें चार
ग्रास देतीं बारी से...
जितने जेठानी तिल फेंकेगी
उतनें देवरानी पुत्र जन्मेगी..."

ढोलकी के शरीर पर की सुतली की कमीज़ अब फट गई थी, और उसे कसनेवाले छल्ले भी उसकी नाक में से नथ की तरह उतर गए थे। दाईं ओर के चमड़े में एक आंख जितना छिद्र हो गया था और आंगन में पड़ी हुई ढोलकी अपनी उसी एक आंख से सामने लाल दुपट्टे को ओढ़कर रांगली पटरी पर बैठी हुई जिन्दो की ओर इस तरह देख रही थी जाने उसके मुंह में पड़नेवाले ग्रासों और उसकी झोली में खेलनेवाले सारे बेटों

को गिन लेना चाहती हो।

औरतों के फटे हुए कंठ भी हारते नहीं थे, और वे बार-बार कह रहे थे:

"भाभी एक ननदें चार
ग्रास देती बारी से...
जितने जेठानी तिल फेंकेगी
उतनी देवरानी पुत्र जन्मेगी..."

पिछले सात दिनों में जिन छोटी लड़कियों के हाथ ढोलकी नहीं लगी थी, उन्होंने अब कसर निकाली, और ढोलकी के पिंजर को बजाती वे किसी गीत की बांह और किसी गीत की टांग अच्छी तरह घसीटने लगीं। जिस समय उन्होंने यह टप्पा गाया :

"हमनें डोली से हाथ निकाला
तुम्हारी मां ने हमारी नथ उतार ली"

और घूंघट निकालकर पटरी पर बैठी हुई जिन्दो का हाथ अपनी नाक की ओर चला गया। और फिर जिन्दो अपने चूंघट में ही हंस पड़ी, "उसकी तो सास ही कोई नहीं थी, नथ कौन उतारेगा?—और साथ ही उसकी नाक में नथ ही कहां थी जो कोई उतार लेगा।"—लड़कियों को गीत के अगले बोल भूल गए थे, इसलिए उन्होने कितनी बार वही टप्पा गाया। जिन्दो को महसूस हुआ, चाहे घर में उसकी सास नहीं थी, और चाहे उसकी नाक में नथ भी नहीं थी, परन्तु यह टप्पा उसकी नाक में एक खारिश भी पैदा कर रहा था।

लड़कियों को आगे गीत भूल गया था, परन्तु जिन्दो को यह गीत अच्छी तरह याद था। सारे का सारा गीत उसके कंठ में चुभने लग गया:

'तेरी मां का नाम ठकुरानी रे
हमें सलवार देती पुरानी रे
तेरी मां का नाम सुखदई रे
हमें देती रोटी बासी रे

तेरी मां ने बनाया साग रे
हमने मांगा तो दिया जवाब रे’

और जिन्दो ने अपनी पहनी हुई शलवार को टटोला। वह पुरानी नहीं थी, वह बिलकुल नई ‘साटन’ की थी, और उसपर गोटे का काम हुआ था। फिर उसने अपने मुंह में अभी-अभी किसी ननद के दिए हुए ग्रास को चबाया। यह बासी रोटी नहीं थी। यह तो मक्खन में गुंधी हुई चूरी थी। अभी थोड़ी देर पहले उसके ससुर ने रुपयों की थैली में उसका हाथ डलवाया था, और फिर उसे साग की कटोरी के बदले सास से मिला हुआ ‘कोरा जवाब’ क्यों याद आ रहा था।—जिन्दो ने एक गीले कपड़े की तरह अपने मन को बौछारा, परन्तु पानी की कोई-कोई बूंद अभी भी उसके मन के कपड़े से टपक रही थी—जब भी कोई लड़की डोली में से हाथ निकालती है, गोटे किनारी के कढ़े हुए कपड़े पहनती है, चूरी के ग्रास मुंह में लेती है, और रुपयों की थैली में से मुट्ठी भरती है, यह गीत उसके पास ही खड़ा हो उसकी चुटकी क्यों भरता है?—और क्यों उसके खाली नाक का, पुरानी शलवार का, बासी रोटी का और कोरे जवाब का अपशगुन करता है?—और फिर जिन्दो को उस गीत का अन्तिम टप्पा याद आया :

‘अरे मैंने डोली से निकाला पैर रे
तेरे सिर की मांगती हूं खैर रे’

और जिन्दो के मन में आया कि उसे घूंघट में से ही कहीं उसका चेहरा दिख जाए जिसके सिर की खैर उसने सारी आयु मांगनी थी... इस समय तो भरी दोपहरी थी, अभी शाम पड़नी थी, फिर कहीं रात का अंधेरा होना था।

‘दीये का प्रकाश पता नहीं कितना होगा?’ जिन्दो ने सोचा, ‘जब मैं उसका मुंह देखूगी, उसका मुंह...जिसके सिर को खैर मांगते मैंने शायद सारी आयु पुरानी शलवार पहननी है, और बासी रोटी खानी है...’

भंडार की चाबी लेने के लिए जिसे बार-बार आवाज़ें दी जाती थीं, जिन्दो को पता था, वह उसकी दूर के रिश्ते से ननद लगती थी। काफी देर की परित्यक्ता थी, यहां गांव की चौथी जमात को पढ़ाती और अपने भाई के घर रहती थी।

'यही ननद तेरी सास के स्थान पर है, इसके कहने में रहना। जिन्दो को उसकी मां ने कहा था।

'परित्यक्ता ननदें हड्डियों का राग होती हैं। जहां ननदों की सरदारी हो, वे घर नहीं बसते।' जिन्दो को उसकी सहेलियों ने कहा था।

मठरी-मिठाई निकालती ननद को जिन्दो ने गौर से देखा, 'कितना पक्का मुंह है इसका...' और सहेलियों की बात उसके शरीर पर एक कीड़े की तरह रेंगने लगी। जिन्दो ने जल्दी से हाथ मारा, और कीड़े को दूर फेंकती अपनी मां की बात को याद करने लगी, 'यही ननद तुम्हारी सास के स्थान पर है...'

दबी ज़बान से जिन्दो की चचिया सासों ने पहले दिन कहा था, "वैसे तो सुन्दर शहज़ादी है पर रंग तनिक सांवला है। हमारा लड़का तो हीरे की कनी है..." परन्तु दूसरे दिन दहेज़ इत्यादि देखकर चचिया सासों की आवाज़ थोड़ी खुल गई, और जिन्दो का रंग-तनिक सावला होने के स्थान पर बहुत सांवला हो गया। और तीसरे-चौथे दिन तक चचिया सासों की आवाज़ बिलकुल खुल गई, और उसका रंग बहुत सांवला होने के स्थान पर काफी काला हो गया।

परन्तु जिन्दो ने जाने हरीशैल की शलवार का भविष्य देख लिया था और अपनी ननद के बारे में सहेलियों की कही हुई बात को भी अपने शरीर पर से कीड़े की तरह झाड़ दिया था, अपनी चचिया सासों की चोटें भी अपने हाथों में ले लीं, और उन्हें कहने लगी :

"भई बात सुनो, अपने-अपने भाग्य होते हैं न! मैंने जब जन्म लेना था, मेरी मां का दिल बड़ा विशाल था। उसने सोना-चांदी दान किया, इसलिए उसे हीरे जैसा दामाद मिल गया। परन्तु आपके बेटे ने जब जन्म

लेना था, उसकी मां, कंजूस थी। उसने तेल-तांबा दान किया, इसलिए उसके घर काली बहू आई। इसमें मेरा क्या दोष है?"

चचिया सासें खिलखिलाकर हंस पड़ी और फिर जिन्दो का रंग न काला रहा, न बहुत सांवला, और न थोड़ा सांवला। वह सभी सम्बन्धी तथा पास-पड़ोस की औरतों को सुन्दर शहज़ादी प्रतीत होने लगी।

एक दिन जिन्दो की ननद ने दाल बनाई थी। जब जिन्दो खाना खाने बैठी, हंसी का एक बल उसके पेट में पड़ गया। कहने लगी, "बीबी, ज़रा मेरी कमीज़-चुन्नी पकड़ो तो!"

"क्यों, क्या हुआ?"

"मैं डुबकी लगाकर दाल में से दाना ढूंढ़ लाऊं।"

ननद का मुंह मोटा हो गया। कितनी ही पड़ोसिनों को उसने मुंह बसूरकर यह बात सुनाई। पड़ोसिनें हंस-हंसकर लोट-पोट हो गईं, और उसे कहने लगीं, "अरी मूर्ख, शुक्र कर, किसी जन्म में तुमने पुण्य किया था कि इस तरह की भाभी मिली है। ऐसी हंसी के साथ न रोया कर।"

पास-पड़ोस की औरतें बहाने-बहाने जिन्दो के पास आ बैठतीं। कोई दाल से सालन बटा जाती, कोई तन्दूर पर रोटियां लगाने आ जाती। कोई हाथ में टोकरी लेकर सूत बटोरने आ बैठती। अधेरे-सवेरे कोई खट्टा मांगने आई, पल-भर बैठ जाती। उन्हें महसूस होता था कि जिन्दो का हंसमुख चेहरा उनकी बासी ज़िन्दगी पर एक झिड़काव कर देता था।

जिन्दो हंसती, पड़ोसिने हंसतीं, और जिन्दो के जी में आता वह अपनी ननद के सख्त मुंह को रात को पानी में भिंगो छोड़े ताकि सवेरे वह तनिक नर्म हो जाए।

एक दिन जिन्दो अपनी ननद को छेड़ने के लिए आहिस्ता-आहिस्ता गाने लग गई, "ननद और भाभी दोनों मिल बैठी हैं, कोई कर रही हैं करार..." और जिन्दों को महसूस हुआ कि अभी उसकी ननद भागी-

भागी आकर उसके पास बैठ जाएगी। भाभी की कमर में एक चुटकी भरती हुई कहेगी, 'है री भाभी सच्च!' और फिर आगे नन्हे-मुन्ने की बात करेगी। नये सूट का वायदा लेगी, शायद कोई ज़ेवर ही मांग ले...परन्तु ननद के पैर पता नहीं काहे के बने हुए थे, वह कभी भी भाभी के पास भागी-भागी न आई, उसने कभी भी नन्हे-मुन्ने की बात नहीं छेड़ी।

जिन्दो की बांहों का चूड़ा अभी मैला नहीं हुआ था, जब उसकी ननद ने स्कूल जाते समय एक दिन उससे कहा :

"इस तरह पटरी पर बैठे-बैठे बीबी घर नहीं चलता। आज मेहतरानी से गोबर ही थपवा देना।"

"पर गोबर तो बीबी, अभी थोड़ा-सा ही है, चार दिन ठहरकर थपवाएं तो अच्छे उपले बन जाएंगे।"

"और वह केरी का ढेर जो लगा पड़ा है। इसे फेंकना थोड़े ही है। उसे कहना, गोबर में सारी केरी मिला ले, और गोल लड्डुओं की तरह बनाकर सूखने डाल दे।"

ननद चली गई, और जाती बार जिन्दो को कटोरे में लस्सी और ढकने में मिठाई डालकर दे गई। जब से जिन्दो का विवाह हुआ था, अभी तक उसे सुबह लस्सी के साथ मक्खन रोटी नहीं मिली थी। अभी तक उसे विवाह की बची हुई मिठाई का चूरा खाकर ही लस्सी पीनी पड़ती थी। मठरियां, जो अब तक सूखकर लकड़ी हो गई थीं, लड्डू, जो अब तक बिलकुल पत्थर बन गए थे।

'इतनी भी क्या कंजूसी? कोयलों की केरी और बीच में थोड़ा-सा गोबर। जिसे जलाते समय बिलकुल धुआं ही धुंआ...' और जिन्दो को याद आया—उसकी ननद ने कहा था, 'लड्डुओं की तरह बनवाकर उन्हें सूखने डलवा देना।' और लस्सी का घूंट भरते जिन्दो ने सामने पड़े हुए ढकने में से लड्डू पकड़ा। उसे महसूस हुआ, उसके मुंह में किसकिसाहट आ रही थी।

‘इन लड्डुओं में भी शायद ‘केरी’...’ और जिन्दो ने लड्ड के स्थान पर अपनी सोच ही दांतों में चबा ली।

“इतने महंगे हाथीदांत का रंग भी कच्चा होता है? देखो, नीचे से सफेदी निकलने लग पड़ी है।” एक दिन जिन्दो ने अपनी दोनों बांहों को अपने पति की झोली में रखते हुए कहा।

“नहीं मन करता तो इस चूड़े को उतार दो।”

“और खाली बांहें लटकाती फिरूं? सोने की चूड़ियां बनवा दो न!”

परन्तु जिन्दो ने देखा, उसके पति ने हां नहीं की थी। बात को हंसी में धकेलते हुए वह कहने लगी, “नहीं तो छन-छन करते कांच के गजरे ही ला दो। चूड़ा उतार दूंगी।”

अभी तक जिन्दो की बांहों में न सोने की चूड़ियां चमकी थीं और न कांच के गजरों ने ही छन-छन की थी जबकि एक दिन वह आधी रात को जाग उठी। उसकी ननद आंगन के परले कोने में बैठी थी और उसे मतली आ रही थी।

‘रात को कम-अधिक खा गई होगी। सच, कल बासी पकौड़े जो इसने खाए थे...’ जिन्दो ने मन में कहा और उठकर उसे कुल्ला करने के लिए पानी का लोटा दे आई।

अगले रोज़ उसकी ननद ने खाया-पीया कुछ नहीं, पर जिन्दो ने देखा, वह स्कूल जाते समय ज़रा-सी चूल्हे की मिट्टी उतारकर ले गई थी।

उस रात जिन्दो को सपना आया, वह मायके गई हुई है, और उसकी प्यारी सहेली शानो उसे कच्चियां अम्बियां तोड़-तोड़कर दे रही है। जिन्दो की आंख खुल गई। “मेरी झोली में अम्बियां...” जिन्दो की स्वाभाविक ही हंसी निकल गई। उसके मन में आया कि वह अपने पति को गुदगुदाकर जगाए और उसे बताए कि जब सपने में कोई फल झोली में पड़ता है तो उसका क्या मतलब होता है।

रसोई में हलका-सा खटका हुआ। जिन्दो ने करवट बदली और

देखा, रसोई में धीमी-सी रोशनी भी थी। 'सारा दिन इसने खाया कुछ नहीं था, अब आधी रात को पेट में बल पड़े होंगे...' जिन्दो ने सोचा, रसोई में उसकी ननद ही हो सकती थी, और कौन हो सकता था—और फिर उसे सपने की मस्ती आ गई। उसके मन में आया कि वह अपने पति को गुदगुदाकर जगाए, और जब उसने साथ की चारपाई पर हाथ मारा, तो चारपाई खाली थी।

जिन्दो की उंगलियां, जोकि अभी किसीके शरीर पर गुदगुदाने के लिए आतुर थीं, सुन्न हो गईं। रसोई में से बातों की हलकी-हलकी आवाज़ आ रही थी। जिन्दो ने सोचा, उसकी ननद अकेली नहीं थी, उसका भाई भी उसके पास था। 'क्या बातें करते हैं इस समय?...' जिन्दो के मन को जैसे कोई धोबी के कपड़े की तरह पटरे पर मारने लगा।

फिर रसोई में से खुशबू आने लगी। जिन्दो ने जाने नाक की सेंध लगाकर देखा—रसोई में मेथरे और पुराना गुड़ उबल रहा था...'मेथरे ...पुराना गुड़...चूल्हे की मिट्टी...बासी पकौड़े...और आधी रात की उल्टियां...' ज़िन्दो का सिर चकराने लगा।

जिन्दो चारपाई से उठी। परन्तु फिर उसकी टांगें कांपीं और वह चारपाई की बाही पर ही बैठ गई। इतनी देर में रसोई से उसका पति बाहर आ गया।

"इस समय तू क्या कर रही है जागकर?" जिन्दो के पति ने उसके पास जाकर कहा। उसकी आवाज़ धीमी थी, परंतु एक विशेष तरह की सख्त थी। जिन्दो को महसूस हुआ मानो उसके शरीर पर एक छड़ी का निशान पड़ गया था।

फिर जिन्दो ने सोचा, 'यह बात तो मैंने इसे पूछनी थी, और यह उल्टा मुझे पूछ रहा है?' जिन्दो अभी सोच ही रही थी कि इस बात का अपने पति को क्या उत्तर दे या यही बात दुहराकर उससे पूछे, कि उसके पति ने उसका हाथ पकड़कर उसे चारपाई की बाही पर से उठाया और बाहर के दरवाज़े की ओर ले गया।

"मेरी बात सुन।'

जिन्दो की आंखें अपने पति के चेहरे की ओर उठीं और फिर वहीं गड़ी रह गईं।

"एक बात हो गई है।"

जिन्दो की ज़बान पता नहीं किस सुई से सिल गई थी, उसने बहुत ज़ोर से उसे हिलाया कि वह अपने पति से उस 'बात' की बातें करे, परंतु ज़बान का कोई टांका न टूटा।

"उसे..उसे दिन चढ़ गए हैं..." जिन्दो के पति ने आहिस्ता से कहा और फिर आगे कहने लगा..."यदि तुम एक काम करो।" गली के कोने में एक दाई रहती है। आहिस्ता से उसका दरवाज़ा खटखटाकर उसे बुला लाओ, इन दाइयों के पास बहुत दारू होते हैं।"

"पर...पर यह है किसका?" जिन्दो की ज़बान का टांका टूट गया।

"इस समय कुछ मत पूछ जिन्दो। मेरा मन घबराया हुआ है," जिदो के पति ने जाने बात की उपेक्षा करते हुए कहा।

"नहीं, पहले मुझे बताओ।" जिन्दो की ज़बान के सारे टांके टूट गए।

"तुम्हें क्या, चाहे किसीका हो।" जिन्दो के पति ने आवेश में आकर कहा।

"चाहे तुम्हारा हो?" जिन्दो ने जाने आग में फूंक मारी।

"हां-हां, चाहे मेरा हो। —और है मेरा ही। अब बता, क्या करेगी?"

आग की लपटें देखकर जिन्दो अभी यह पूछ ही रही थी कि यह आग किसके घर में लगी थी?—कि जिन्दो को सारा सेंक अपनी दीवारों में से आने लगा।

छुटपन में आग को अग्निदेवता कहनेवाली जिन्दो की हंसी निकल गई। उसने सोचा, 'घर तो फूका ही गया है, अब तमाशा भी देख लूं।' ज़ोर से कहने लगी, "बच्चा तो मेरे पति का ही है न। उसे पेट का भ्रम हो

गया होगा। आना उसने इस ओर था और चला गया उस ओर..."

और फिर जिन्दो को महसूस हुआ, उसकी अपनी ही हंसी उसे ततैये की तरह काट गई थी। नहीं, नहीं, यह पीड़ा उससे बहुत अधिक थी—उसने ततैये की तरह नहीं बिच्छू की तरह डंक मारा था।—और फिर जिन्दो को महसूस हुआ कि उसके सारे अंगों में एक विष चढ़ता जा रहा था। उसकी हंसी बिच्छू की तरह नहीं एक कौड़ियों-वाले सांप की तरह काट गई थी, और अब उसके अंग नीले पड़ते जा रहे थे।

"तू जाती है कि नहीं दाई को बुलाने..." जिन्दो के पति ने उसे धक्का देकर दरवाज़े से बाहर धकेल दिया। जिन्दो के बावरे-बावरे कदम गली का अंधेरा नापने लगे।

दाई का दरवाज़ा बन्द था, जिन्दो से खटखटाया न गया। गांव के कुएं का दरवाज़ा खुला था, जिन्दो को कोई दस्तक नहीं देनी पड़ी।

प्रात: जब गांव के लोगों ने कुएं में से जिन्दो की लाश निकाली, सभी सम्बन्धी और पड़ोसी औरतें उसके आसपास खड़ी हुई थीं। कोई चचिया सास कह रही थी, "पता नहीं क्या हो गया, इतनी सुन्दर शहज़ादी..."

और यदि जिन्दो का मुंह मौत की सुई ने सी न दिया होता तो वह ज़रूर हंसकर कहती, 'तुम कहती थीं न, तुम्हारा बेटा हीरे की कनी है, मैंने वही हीरे की कनी खा ली है।'

ooo